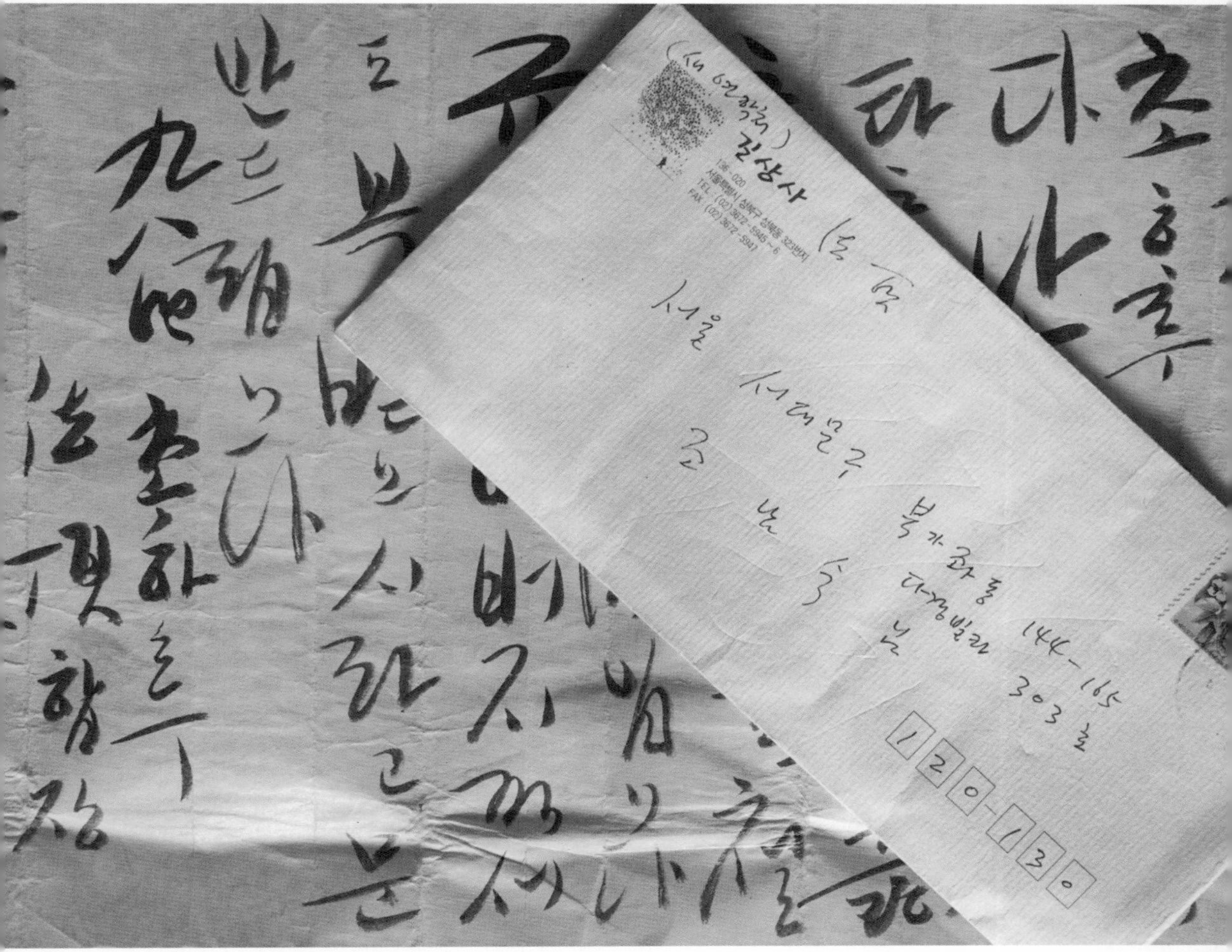
길상사

Happy Birthday

을 여름이었습니다. 이제 자리를 잡은 누나 가비의
일을 보는 저도, 그리고 저 남남매를 잘 키워주신
엄마께 감사드립니다. 우리 가족의 일원인 제가
보기에도 우리 가족은 저마다의 재능이 있으면서
둘위가 잘 어울리고, 또 저번의 일들을 잘 해내고
있습니다. 이는 아빠의 재능과 엄마의 비범한
배려 덕택이 아닌가 생각합니다. 아직 화면이
겨울을 못넘긴 저의 남남매 각 격려하며
겨울을 무엇으로 돌아간 저의 남남매 부족 격려하며
러 이방 엄마께서 선을 쓰는 일이 없을 거라합니다.
별일 축하드립니다.   1995. 9. 10.
                              큰 아들 올림

(추신) 내년에도 메추로 주시죠. 라구
된간 악마는 게 너무 염치 없습니다.

조 남 숙 님께

    근래에 나온 책 두권 보냅니다
하나는 붓器고 하나는 8년간 친구가
근보의 연재 하건 묵상집입니다. 이, 성경
을 보고 그분의 회複음이 따라 - 탈진

初 南 沭 女史
六十四 生辰
健康, 活力, 幸福
祝 願
        一九五. 九. 十
                    初12孫

서를 보고 乷으셨지요. 선생님 께선 선생님께서 하신 일에 만족을
느끼시는 지요?
  제가 만든 시집을 선생님에 드립니다.
  이 시집의 이름은 선생님 께서도 보시나 시피 '무'입니다. 없다
는 뜻이지요. 왜 제가 이 시집의 제목을 '무'라고 했는지 아셔
요? 거기엔 제가 생각한 뜻이 있답니다. 아침에 일어났을때
스치는 제목이었답니다. 나에겐 놈은 이상한지 몰라도 저는 '무'
가 좋았음니다. 없다는게 좋아서 때문 입니다. 일년을 보내는
이 마당에서 아무꺼리낌 없이 지나 다는것이 얼마나 좋고 마음
편한 일인줄 압니다. 꼭 일년 이란 기간이 아니더라도. 선생님
께선 윤동주씨의 서시를 잘외시며 그 하나하나 글귀를 되
새김을 좋아 하시지요? - 죽는날까지 하늘을 우러러 한
점 부끄럼이 없기를, 잎새에 이는 바람에도 나는 괴
로워 했다. 별을 노래하는 마음으로 모든 죽어가는
것을 사랑 해야지. 그리고 나한테 주어진 길을 걸
어가야겠다. 오늘도 별이 바람에 스치운다. -
저도 가끔 선생님을 생각하며 이 서시을 외운
답니다. 하여간 전 없다는게 좋았을 뿐 입니다.
그리고 여기 이 시집에 쓰여있는 시를 좋아는

Namhi Kim Wagner
30 Prospect Hill Rd.
Lexington, Ma. 02173
U.S.A.

CHASE PALM PARK

91. 1. 26   경. P.M
내가 그리스마스 리라 살   올해
Ojai Valley 를 AM 갔. 는 a. 처음
거 종교로자는 (여감인) 처럼 근존 보며
이러러 한 저. 은 저 36 n 씨
척 생애 맛   비원 번문사용 귀별

엮은이 | 조남숙

기획 | 나무선
편집 | 박미경
디자인 | 안성근

기획관리팀장 | 김지환

초판 1쇄 찍음 | 2015년 11월 1일
초판 1쇄 펴냄 | 2015년 11월 5일

펴낸곳 | 웜홀
펴낸이 | 나무선
주소 | 220-841 강원도 원주시 흥업면 대안로 511-42
전화 | 033-762-7148   팩스 | 033-766-7140
홈페이지 | www.wormhole.kr
E-mail | calendiary@naver.com
출판신고 | 제419-4190000251002005000004호   등록일자 | 2005년 3월 28일

ISBN | 979-11-954961-2-9

편지

조 남 숙 엮음

황혼의 선물

가족들이 모인 자리에서 특별한 생일 팔순에 무얼 해드리면 좋겠느냐는 이야기가 나왔다. 나는 그동안 하고 싶은 일 잘하고 살아왔으니 더 해줄 것이 없다고 했으나 아이들 생각은 그렇지가 않았나 보다.

가만히 생각해보니 지금의 내가 여기 80세까지 오는 동안 어떤 사람들과 어떤 이야기를 주고받으며 나를 이루어왔을까 하는 생각이 들었다. 문득 편지 생각이 났다. 그래서 받은 편지들을 선별해서 한번 묶어보면 어떨까 하는 생각을 해본 일이 있다고 했다.

그래서 이번 기회에 집 안에 있던 모든 편지를 다 모아 두세 차례 읽어볼 기회를 가졌다. 30여 년 받은 편지 중에는 그동안 이사하고 제대로 간수하지 못해 잃어버린 편지도 있다. 편지를 다시 읽으면서 참 좋은 분들과 교류하며 분에 넘친 사랑과 격려와 도움을 받았음을 느끼며 고마운 마음이 가득 찼다.

그러나 사적인 이야기를 공개하는 것이 혹시 누가 되지 않을까 싶어 많이 망설였다. 하지만 그 속에 담긴 편지 보낸 분들의 아름답고 귀한 삶의 모습을 주변 다른 분들에게도 알려서 서로 좋은 면을 나눌 기회로 삼을 수도 있지 않을까 싶었다.

특히 오랫동안 바라보며 좋아하고 존경하는 안인희 선생님의 적극적인 호응과 남편의 선뜻 책은 내가 내주겠다는 말도 큰 힘이 되어 주저하고 머뭇거리던 일을 한 발 내딛게 되었다.

　편지를 읽어가다 보니 20여 년 꾸준히 편지를 보내준 분들과 그 가족들의 성장 과정도 함께 바라볼 수 있어 이 책은 어찌 보면 내 삶의 발자취인 동시에 여기 편지를 쓰신 모든 분의 삶의 자취이다. 또한, 나와 교류한 모든 분과 함께 한 삶의 모자이크이기도 하다.

　어린 중학생, 초등학생으로 우리 집에 왔던 꼬마들이 이제 두 아들의 아버지, 세계적인 건축가로 우뚝 선 모습으로 자라 있기도 하다. 우리 아이들이 그 옛날 외국에서 어떻게 공부하고, 짝을 만나 가정을 이루고, 지금 작가로 성장했는지 편지 속에서 지난날들이 새삼스럽게 와 닿는다.

　이미 세상을 떠난 분도 계시고, 멀리 떨어져 있어 왕래가 드문 분도 계시다. 정말 가까운 친구, 이웃이면서도 너무 가까워 만나서 이야기하고 전화로 이야기를 주고받느라 오히려 편지로 남아 있지 않은 분도 있다. 어디까지나 과거의 나를 향해 쓴 편지 위주로 책을 묶었기에 비교적 멀리 외국에 사는 친구, 제자의 글이 주를 이루고 있다.

　특히 미국에 사는 제자 김재복의 편지는 내용은 물론 편지 봉투, 우편엽서, 편지지(카드)에 담긴 정성과 예술성, 창의력, 상대방에 대한 따뜻한 배려와 아름다운 마음이 혼자 보고 사장시키기엔 너무 귀해 어디엔가 살려서 많은 사람에게 이렇게 세상을 사는 사람도 있다는 걸 전하고 싶었다.

또 친구 종숙이의 편지는 글씨도 잘 쓰고 글도 잘 쓰고 예술성과 학문이 뛰어나 그가 미국에서 한인 학교 교장으로, 퀼트 작가로 한국 문화 전반에 대한 전령사로서 끊임없이 노력하고 애쓰는 모습이 아름다워 이웃에게 자랑하고 싶었다.

편지를 읽으며 새삼 우리 집 삼 남매 내외, 손자 상원 경원, 손녀 효원, 남편 지헌의 편지 속에서 해묵은 진한 정을 느끼며, 그동안 어쩌다 서운했거나 힘들었던 일들이 봄눈 녹듯 모두 녹아내리고, 사방을 향해 두루 고맙다는 인사를 하게 된다.

편지라는 거울 속에 비친 내 80생의 모습이 편지 보내주신 분들의 후광으로 환하게 웃을 수 있게 해주심을 감사드린다. 편지로 여기서 만나지 못했던 또 다른 내가 지금까지 살아오는 데 음으로 양으로 영향을 주고 도움을 주신 가족, 친지, 수많은 이웃에게도 이 자리를 빌려 감사의 마음을 전한다.

책의 모양을 갖추도록 더운 여름에 마음을 다해 애써주신 출판사 윔홀의 나무선 선생님께 감사한다.

2015 가을, 좋은 날

조남숙

남숙이의 편지

안 인 희

여성특집/작지만 큰 선물

"안 선생님. 저 남숙이에요. …객지생활
하면서 고향에 대한 그리움, 친구 이
웃들에 대한 그리움으로 병하기 때문에 난 제 친구가
그동안의 삶의 발자취와 회한을 한밤 한밤 바
늘로 꿰맨 작품을 우리 전시실에 이번에 풀어
놓게 되었습니다. 선생님도 보시면 좋아할까
요…."

이번에 남숙이가 보내온 편지는 남숙이 친
구의 퀼트(quilt : 서양 수예 기법의 하나로, 천과
천 사이에 솜을 두어 누벼질 한 것) 작품전시회를
알리는 사연으로 채워졌다. 그의 편지는 언제
나 간결하고 차분하다. 계절이 바뀔 때, 어느
작은 문화행사가 있을 때, 좋은 책을 만날 때
마다 나에게 그 소식을 전해준다. 몇물밖에
안되는 그의 글 속에서 나는 언제나 정제된
감정과 그리움을 느낀다.

무엇이 가장 아름다운 선물이냐고 누가 묻
는다면 나는 서슴없이 남숙이의 빨박한 편지
를 꼽고 싶다. 물론 나는 많은 선물을 시도 때
도 없이 받게 된다. 먼 남쪽 시골에서 올라온
시루떡도 받아보고 본고장에서 올라왔다는 특
산물에 이르기까지 어찌 그 이름을 다 밝히
랴.

나의 직업상 그 가지가지의 선물이 나에 대
한 순수한 그리움에 연유한 것 이상도 이하도
아니라는 것을 나는 안다. 모두가 고마운 선
물이다. 내가 만일 권력을 행사하는 자리에
있다거나 어떤 이익을 조달하는 그런 자리에
있다면 이런 그리움이 가득 담긴 선물을 무슨
수로 받겠는가 말이다. 그런 의미에서 나는
이 세상 누구보다도 넘치는 인정 속에서 살고
있다고 할 수 있다.

그러나 꽃이나 떡은 오래 가지 못
한다. 물질은 물질 이상의 것이 되
지 못하기 때문에 그 생명이 오래
가지 못한다. 순간적으로 아름답고
맛이 있기는 해도 세월이 가면 잊기
마련이다. 그렇다고 그런 정성어린
것들이 무가치하다는 말은 결코 아니
다. 그런 물건은 나를 생각하는
사람의 손에 닿자마자 보통 물건과
는 다른, 아주 특별한 물건이 된다.
꽃 한송이, 밤 한톨이라도 나를 향
한 마음이 담기면 특별한 것이다.

선물은 물론 받은 사람을 기쁘게
하기 위해서 있는 것이다. 그래서
잘 아는 사람 아니면 선물을 하기
어렵다. 받은 사람이 어떤 것을 좋
아할지 어떤 것을 싫어할지 알 수
없는 노릇이기 때문에 초면에 인
사치레로 들고가는 물건을 나는 선
물이라고 보지 않는다. 더구나 무슨
이윤가치에 값을 치르는 대가로 주
는 물품은 이미 선물이 아니다.

남숙이의 편지를 가장 반가운 선
물로 보는 까닭은 물론 받아보는 기
쁨이 으뜸이라는 것 이외에 나에게
많은 것을 상상할 수 있게 해주기
때문이다. 그의 글 사이사이에 숨어
있는 정경을 내 마음대로 상상함으로
써 나는 그 짧은 글을 몇배의 길이
로 늘일 수 있고 그 기쁨 또한 몇배
로 늘일 수 있기 때문이다.

그의 선물은 꽃이나 떡을 것에 비

해 오래간다. 나의 일기장 갈피에
꺼워 놓은 포스트 카드에 적힌 사연
은 지난날의 추억을, 그리고 오늘의
나의 현주소를 새롭게 보여준다. 선
생과 학생의 관계는 나른 사람과의
관계, 즉 남편과 아내의 관계나 부
모와 자식의 관계처럼 그렇게 밀착
된 것이 아니며 또한 고용주와 피고
용인의 관계 같은 것도 아니다. 가
르치는 사람과 배우는 사람의 관계는
는 세월이 가면서, 함께 나이 먹으
면서 점차 변해가 서로를 가르치고 서
로 배우는 관계로 이어진다.

그래서 우리는 생활비가 얼마나
올랐느냐 라든가 누가 더 잘나고 못
났느냐의 화제를 올리지 않아도 되
고 어느 동네의 집값이 오름까, 어
떤 옷이 유행하는가에 대해 무지해
도 상관없다. 우리는 오직 꿈 같은
이야기만 나누는 걸로 서로 좋아했
고 그리워했다. 세상이 점점 물질화
되고 마음보다 물량으로, 사람의 정
보다는 현금으로 가시화되는 요즘,
남숙이의 꿈이 담긴 사연은 내게 더없는 귀한 선물이다.

● 안인희 : 1929년 서울에
서 나서 서울대학교 교육학과 및 대
학원을 졸업했다. 이화여자대학교 교
수를 역임, 저서로 《교육사상사》
《유아교육론》 등이 있다.

78

79

안인희 선생님께서 〈샘터〉 '작지만 큰 선물' 이란 여성특집에 나의 편지를 주제로 기고하신 글. 91년 12월 호.

안인희 선생님께서 〈샘터〉 '작지만 큰 선물' 이란 여성특집에 나의 편지를 주제로 기고하신 글. 91년 12월 호.

12

남숙이의 편지

안인희

"안 선생님, 저 남숙이에요…. 객지생활하면서 고향에 대한 그리움, 친구, 이웃들에 대한 그리움으로 병까지 난 제 친구가 그동안의 삶의 발자취와 회한을 한 땀 한 땀 바늘로 꿰맨 작품을 우리 전시실에 이번에 풀어 놓게 되었습니다. 선생님도 보시면 좋아하실 거예요…."

이번에 남숙이가 보내온 편지는 남숙이 친구의 퀼트(Quilt: 서양 수예 기법의 하나로 천과 천 사이에 솜을 두어 누비질 한 것) 작품 전시회를 알리는 사연으로 채워졌다. 그의 편지는 언제나 간결하고 차분하다. 계절이 바뀔 때, 어느 작은 문화행사가 있을 때, 좋은 책을 만날 때마다 나에게 그 소식을 전해준다. 몇 줄밖에 안되는 그의 글 속에서 나는 언제나 절제된 감정과 그리움을 느낀다.

무엇이 가장 아름다운 선물이냐고 누가 묻는다면 나는 서슴없이 남숙이의 짤막한 편지를 꼽고 싶다. 물론 나는 많은 선물을 시도 때도 없이 받게 된다. 먼 남쪽 시골에서 올라온 시루떡도 받아보고 본고장에서 올라왔다는 특산물에 이르기까지 어찌 그 이름을 다 밝히랴.

나의 직업상 그 가지가지의 선물이 나에 대한 순수한 그리움에 연유한 것 이상도 이하도 아니라는 것을 나는 안다. 모두가 고마운 선물이다. 내가 만일 권력을 행사하는 자리에 있다거나 어떤 이익을 조달하는 그런 자리에 있다면 이런 그리움이 가득 담긴 선물을 무슨 수로 받겠는가 말이다. 그런 의미에서 나는 이 세상 누구보다도 넘치는 인정 속에서 살고 있다고 할 수 있다.

그러나 꽃이나 떡은 오래가지 못한다. 물질은 물질 이상의 것이 되지 못하기 때문에 그 생명이 오래가지 못한다. 순간적으로 아름답고 맛이 있기는 해도 세월이 가면 잊기 마련이다. 그렇다고 그런 정성어린 것들이 무가치하다는 말은 결코 아니다. 그런 물건은 나를 생각하는 사람의 손에 닿자마자 보통 물건과는 다른, 아주 특별한 물건이 된다. 꽃 한 송이, 밤 한 톨이라도 나를 향한 마음이 담기면 특별한 것이다.

선물은 물론 받은 사람을 기쁘게 하기 위해서 있는 것이다. 그래서 잘 아는 사람 아니면 선물을 하기 어렵다. 받은 사람이 어떤 것을 좋아할지 어떤 것을 싫어할지 얼른 알 수 없는 노릇이기 때문에 초면에 인사치레로 들고 가는 것을 나는 선물이라고 보지 않는다. 더구나 무슨 이용가치에 값을 치르는 대가로 주는 물품은 이미 선물이 아니다.

남숙이의 편지를 가장 반가운 선물로 보는 까닭은 물론 받아보는 기뽐이 으뜸이라는 것 이외에 나에게 많은 것을 상상할 수 있게 해주기 때문이다. 그의 글 사이사이에 숨어 있는 정경을 내 마음대로 상상하면서 나는 그 짧은 글을 몇 배의 길이로 늘일 수 있고, 그 기쁨 또한 몇 배로 늘일 수 있기 때문이다.

그의 선물은 꽃이나 먹을 것에 비해 오래 간다. 나의 일기장 갈피에 끼워 놓은 포스트 카드에 적힌 사연은 지난날의 추억을, 그리고 오늘날의 나의 현주소를 새롭게 보여준다. 선생과 학생의 관계는 다른 사람과의 관계, 즉 남편과 아내의 관계나 부모와 자식의 관계처럼 그렇게 밀착된 것이 아니며 또한 고용주와 피고용인의 관계 같은 것도 아니다. 가르치는 사람과 배우는 사람의 관계라고 할 수 있으나 그 관계의 기능은 세월이 가면서, 함께 나이 먹으면서 점차 변해가 서로를 가르치고 서로 배우는 관계로 이어진다.

그래서 우리는 생활비가 얼마나 올랐느냐 라든가, 누가 더 잘나고 못났느냐의 화제를 올리지 않아도 되고 어느 동네의 집값이 오를까, 어떤 옷이 유행하는가에 대해 무지해도 상관없다. 우리는 오직 꿈 같은 이야기만 나누는 걸로 서로 좋아했고 그리워했다. 세상이 점점 물질화되고 마음보다 물량으로, 사람의 정보다는 현금으로 가시화되는 것을 선호하는 요즘, 남숙이의 꿈이 담긴 사연은 내게 더없는 귀한 선물이다.

안인희 선생님께

안 선생님!

우연히 책장을 뒤적이다 1991년 12월 호 〈샘터〉 잡지에 쓰신 '남숙이의 편지'란 글을 다시 읽었습니다. '작지만 큰 선물'이란 기획특집이었지요. 제게 주신 과분한 편지를 책에서 읽고 여태 답을 못 해 드린 채 오랜 세월이 지났습니다.

저도 올해 80이 되면서 걸어온 길을 되돌아보게 됩니다. 지금의 제가 여기 이렇게 설 수 있도록 도움을 주신 분들을 생각해 봅니다. 그중에 앞서 떠나신 분도 계시지만 고맙게도 안 선생님은 우리 곁에 계셔서 60년 가까이 선생님의 뒷모습을 바라보며 나침반 삼아 여기까지 함께 할 수 있었던 행운을 감사합니다.

선생님은 영원한 젊은이십니다. 선생님에게선 연세를 느낄 수가 없습니다. 제가 학교에 있을 때 같은 이대 울타리 안에 있어 진관 선생님 연구실에 들러 교육 전반에 대한 이야기며, 아이들, 집안 이야기 등 마치 마음 맞는 친구와 속을 터놓고 이야기하듯 시간 가는 줄 모르고 대화를 나누던 일이 엊그제 같습니다. 그 후에도 선생님 댁에서나 어쩌다 만나 뵙게 될 때는 항상 읽은 좋은 책 이야기나 영화 이야기, 때론 예술, 철학이 바탕이 된 이야기를 해주셔서 늘 신선하고 학교 교정에서 만나 뵌 듯 싱그러웠습니다.

선생님에게선 권위나 연륜에서 오는 굳어진 어른 노릇을 뵐 수 없었습니다. 솔직하고 조금은 수줍은 듯 하시면서도 옳지 않다고 느끼는 일들엔 분명한 당신의 목소리를 내시는 정의로운 분이셨습니다. 그렇지만 아내로서, 엄마로서, 선생님으로서 그리고 자식으로서 당신의 직분에 충실한 분이셨습니다. 이제 비교적 의무와 책임에서 자유로워지시면서 스스로를 위해 또는 주변을 돌아보시며 얼마 전에도 《럿셀의 교육론》이란 책을 번역해서 출간하시고 우리 교육학과의 할 일에 대해 끊임없이 관심과 조언과 협조를 해주셨습니다. 지금도 아마 계속 글을 쓰고 계신 걸로 알고 있습니다.

선생님은 예술을 사랑하고 아끼고 누릴 줄 아는 멋쟁이셨습니다. 젊은 시절 미국 유학을 하고 돌아오셨을 때 강의 시간에 우리가 졸라서 들려주신 엘비스 프레슬리의 'Love me tender'는 잊을 수가 없습니다. 아마 민 선생님과 좋은 만남을 갖고 계실 때라 더욱 달콤하게 들렸는지도 모릅니다.

사대가족 모임에서 피아노 연주를 하시던 모습도 아름다우셨습니다. 무엇보다 교육을 연극을 통해 발표하기 위해 각본을 마련하고 연출하셔서 '토파즈'란 연극을 음대 강당에서 하신 일도 있지요. 그때 저에게 학생(꼬르비지에?) 배역을 주셔서 함께한 일도 기억납니다.

학교를 고민 끝에 그만 두신 후엔 민화도 공부하셔서 병풍을 만들어 어머니 머리맡에 놓아드린 걸 본 일도 있습니다. 선생님 댁에 가면 찻잔 하나에도 이야기가 담겨 있고 걸려 있는 그림이며 집 안 곳곳의 집기들이 예사롭지가 않습니다. 부군되시는 민 선생님의 안목도 함께 하셨겠지요. 좋은 예술품 수집을 좋아하셨던 민 선생님의 수집품을 몇 년 전엔가 국립박물관에 기증하셔서 많은 사람들이 관람할 수 있도록 하셨습니다.

　　집에 계실 땐 손뜨개질로 색깔을 맞추어 예쁜 받침도 만드시고, 겨울엔 모자, 목도리를 떠서 주변에 나눠주시기도 하지요. 저는 예쁜 무지개색 받침용 하나와 남편의 겨울모자, 목도리를 떠주셔서 지금까지 감사하며 따뜻하게 쓰고 있습니다.

　　선생님에겐 항상 주변에 그리워하고 좋아하는 제자들, 또는 이웃들이 많습니다. 선생님이 지니신 좋은 향기 때문일 거예요.

　　선생님을 만나면서 우물 안 개구리가 넓은 또 다른 세상을 구경할 수 있었고, 메마른 저의 사고의 틀에 피천득 선생님의 수필에 나오는 연꽃잎 하나가 굽어진 파격의 아름다움이 무엇인지 느낄 수 있게 해주셨습니다. 세상을, 사람을 아름답고 따뜻하게 바라볼 수 있도록 이끌어주신 선생님께 거듭 감사합니다.

2015년 정월 교육학과 10회 제자 조남숙 올림

목차

1

법정 스님 편지

법정 스님

    30여 년 전 가마가 시작된지 얼마 안 되어 어느 친지 한 분이 느닷없이 법정 스님을 우리 집에 모시고 왔다. 처음 뵈었지만 그동안 스님의 책은 여러 권 본 일이 있어 가깝게 느끼고 있었다.

    그 후에 우리 가마에 행사가 있거나 지나시는 길에 들리시어 이야기도 나누고 진지도 함께 드시곤 했다. 책을 내시면 우리 내외 두 사람에게 따로 이름 쓰고 사인을 해서 보내주셨다.

    방학 때면 가족이 모두 불일암에 가서 스님과 밥해 먹고 며칠씩 지내며 집안일도 의논하고, 이야기도 나누며 심신을 충전하고 돌아오곤 했다. 가끔 좋은 책이나 편지도 보내주셨다.

    우리도 읽고 좋았던 책이나 보고 좋았던 영화도 소개해드렸다. 우리가 좋아하는 책이나 영화를 스님도 좋아하셔서 〈샘터〉나 동아일보,

〈맑고 향기롭게〉 등 지면에 글을 쓰셔서 많은 사람이 읽을 수 있고, 좋은 이야기들이 알려지게 해주셨다.

《모리와 함께한 화요일》, 《나의 기쁨과 슬픔 파블로 카잘스》, 《사람아 아, 사람아!》, 《아름다운 삶, 사랑 그리고 마무리》, 《간디의 기도문》 등이 보내드린 책이며, 남편 도자기에 대한 이야기나 아들 규호에 대한 글을 스님 책에 쓰셨다.

넘치도록 많은 관심과 사랑을 받은 우리 가족에게 스님은 삶의 길잡이가 되어주셨다. 많은 사람에게 그런 역할을 해주셨던 것처럼.

스님은 가셨어도 함께 하며 들려주시고, 살아가며 보여주셨던 삶의 모습은 우리 모두에게 함부로 어긋난 길을 가지 않도록 늘 손잡아 주고 계시리라 생각한다.

여름 숙제를 겨울에 했습니다.

게으른 탓이지요.

뜰에 파초를 매어 묻어주고 나니 찬 그늘이 내립니다.

따뜻한 겨울 맞으시기 바랍니다.

十一월 二五일 합장 (1983년)

26

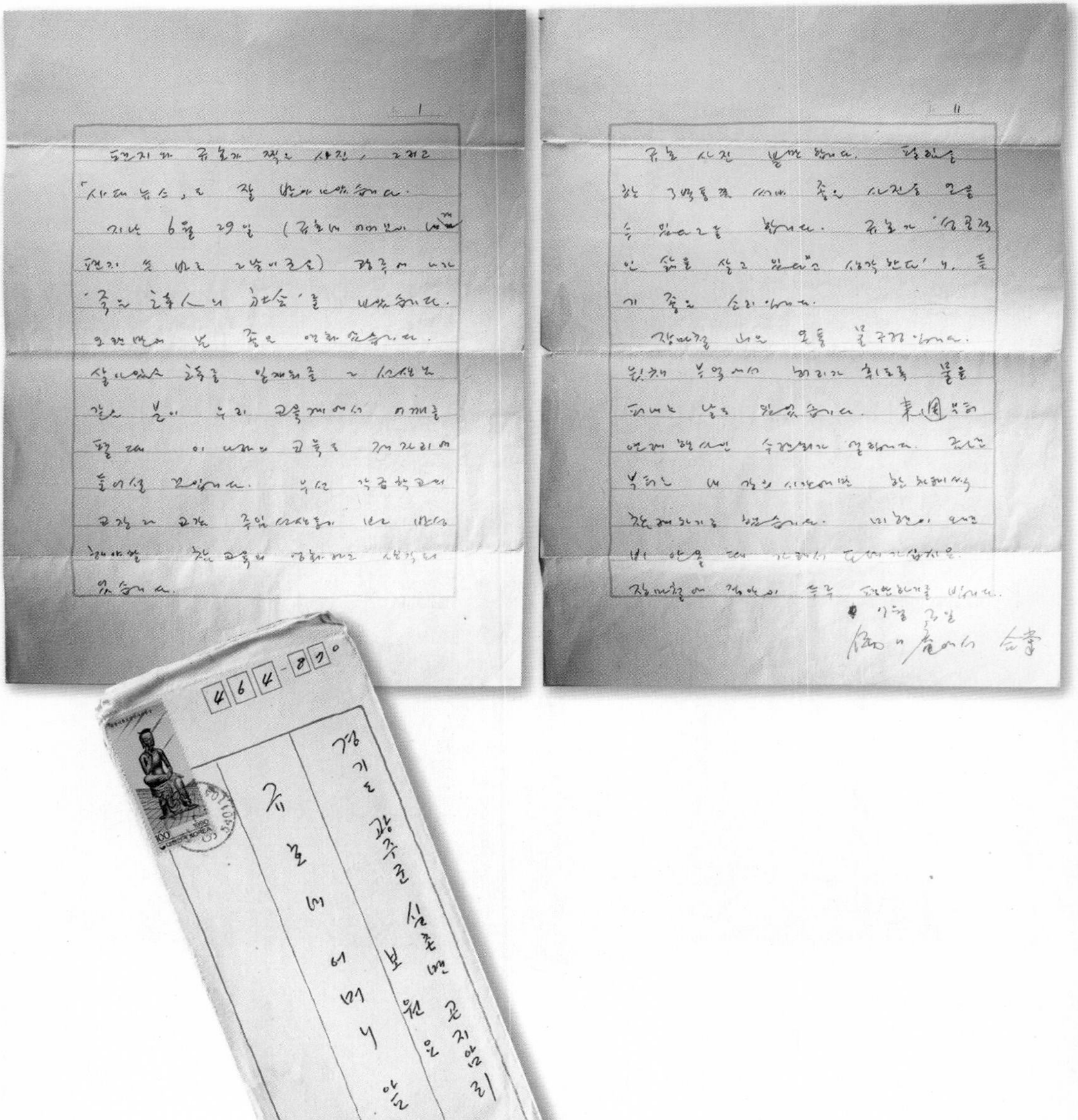

편지와 규호가 찍은 사진, 그리고 〈사대뉴스〉도 잘 받아보았습니다.

지난 6월 29일(규호네 어머님이 내게 편지 쓴 바로 그날이군요) 광주에 나가 '죽은 시인의 사회'를 보았습니다. 오랜만에 본 좋은 영화였습니다. 살아있는 시를 일깨워준 그 선생님 같은 분이 우리 교육계에서 어깨를 펼 때 이 나라의 교육도 제자리에 들어설 것입니다. 우선 각급 학교의 교장과 교감, 주임 선생들이 보고 반성해야 할 참교육의 영화라고 생각되었습니다.

규호 사진 볼만합니다. 필름을 한 3백 통쯤 써야 좋은 사진을 얻을 수 있다고들 합니다. 규호가 '성공적인 삶을 살고 있다고 생각한다'니, 듣기 좋은 소리입니다.

장마철 산은 온통 물구덩이입니다. 웃채 부엌에서 허리가 휘도록 물을 퍼내는 날도 있었습니다.

내주부터 연례행사인 수련회가 열립니다. 금년부터는 내 강의 시간에만 한 차례씩 참예하기로 했습니다. 미현이 오면 비 안 올 때 기해서 다녀가십시오.

장마철에 집안이 두루 평안하기를 빕니다.

7월 3일. 불일암에서 합장 (1990년)

어제는 크리슈나무르티가 살던 집 오자이 밸리Ojai Valley를 다녀왔습니다. 최초의 종교적인(영적인) 체험을 후추나무 아래서 한 집, 또 그 집에서 마지막 생애를 마친 인연 있는 집입니다. 둘레는 온통 오렌지 밭인데 아주 조용하고 그윽한 터였어요. 크리슈나지가 살던 그때 모습 그대로를 보존하고 있었음에 놀라왔습니다. 실내에 화분(노란 국화)이며 소파 위에 놓인 안석까지도 생존 시 사진첩에 있는 그대로를 보존하고 있었습니다.

이곳 날씨는 우리 가을 날씨 같습니다. 아침으로 태평양 연안으로 드라이브를 하면서 삶의 의미 같은 걸 새삼스레 생각합니다.

나는 해놓은 밥 얻어먹으면서 지내다가 입춘 지나 귀국할까 합니다. 두루 평안하십시오.

91. 1. 20. LA. 법정

91. 1. 20 U.S.A.

SB-502
CHASE PALM PARK

이곳은 크리스마스 무리 타가 살다 온 Ojai Valley를 다녀왔습니다. 회록의 종교인 (명상인) 유럽를 곳곳에서 아직까지 만 적, 그 곳에서 여러 막 생애를 바친 인연 없는 제 이야기를 듣게되 모든 그런지 반신에 이유 조용하고 그윽한 곳였어요. 크리스나지가 살던 그때 모습 그대로를 보존하고 있으므로 둘러봤습니다. 실내아발 (노란 코라)이며 소파 위에 놓인 안석까지도 생존시 사진처럼 있는 그대로를 보존하고 있았습니다.

이곳 날씨는 우리 가을 날씨 같습니다.

이상으로 태평양 연안으로 드라이브

3나에서 위에 길고 바닷소리 생각 합니다.

나도 해돋의 밤 일어 명산이 지내다가 눈을 지나 (귀국)할지 합니다. 두두 평안하십시오. 法頂

To: 서울 서대문구 북가좌동
144 - 165

趙 南 淑 님

우) 120 - 130

Seoul, KOREA

법정 스님 편지

31

날마다 찔찔거리는 장마철이 답답합니다. 저번에 구해주신 소설 《사람아 아, 사람아!》는 잘 읽었습니다. 얼마 전 동아일보에서 대학생들에게 읽힐만한 책 추천해달라기에 《닥터 노먼 베쑨》과 함께 골라주었습니다. 학부모들의 의식을 일깨워주는 일은 이 나라 교육의 개선을 위해 아주 중요한 일입니다. 꾸준히 지속하십시오.

두루 건강하십시오.

七월 二일. 불일암에서 합장 (1991년)

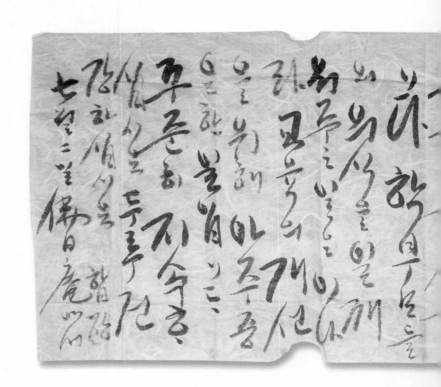

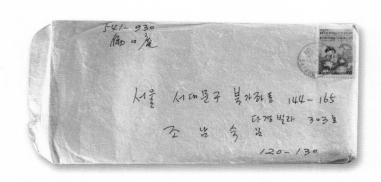

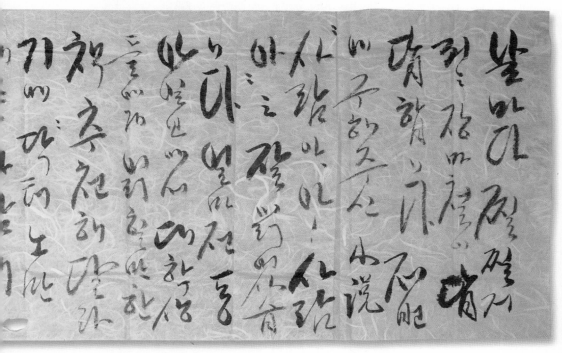

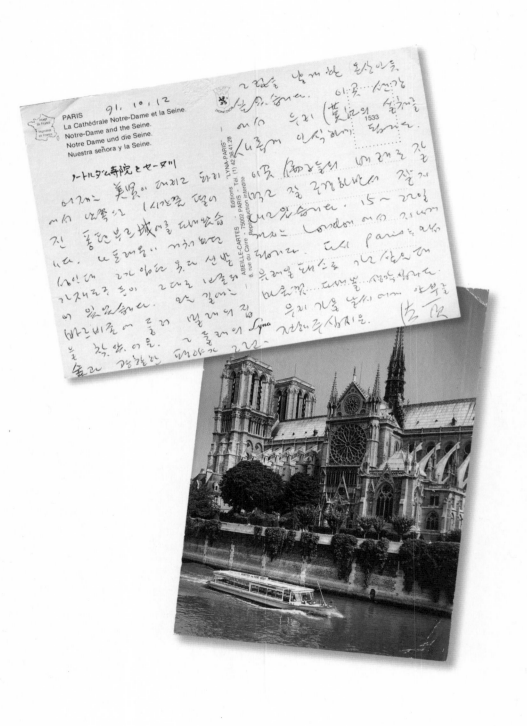

PARIS 91. 10. 12
La Cathédrale Notre-Dame et la Seine.
Notre-Dame and the Seine.
Notre Dame und die Seine.
Nuestra señora y la Seine.

ノートルダム寺院とセーヌ川

이곳에 美觀이 파리고 화려
이 번쩍인 시가지를 떨어
진 옛친구로 城에를 찾아봤습
니다. 노트르담의 까치 떼처럼
니에게 그가 이미 죽고 산벗
가져오르 들이 그래서 이틀동
이 있었었다. 그 길에 세느강
바리비율에 흘러 빛내기로 공
놓고 강청한 날씨에 Lyna
솔과 강철같은 떨어서 거거...

어제는 미현이 데리고 파리에서 남쪽으로 한 시간쯤 떨어진 퐁텐블로 성에를 다녀왔습니다. 나폴레옹이 거처하던 성인데 그가 입던 옷과 신발, 가재도구 등이 그대로 보존되어 있었습니다. 오는 길에는 바르비종에 들러 밀레의 집을 찾았어요. 그 둘레의 숲과 광활한 평야가 그런 그림을 낳게 한 온상인듯 싶었습니다. 이곳 센 강에서 우리 한강의 실체를 새롭게 인식하게 됩니다.

　　이곳 불자들의 배려로 잘 먹고 잘 구경하면서 잘 지내고 있습니다. 15~22일까지는 런던에서 지내게 됩니다. 다시 파리로 와서 유레일 패스로 가고 싶은데 마음껏 다녀볼 생각입니다. 우리 가을 날씨에게 안부를 전해주십시오.

91. 10. 12. 법정

훌쩍 태평양을 건너왔습니다. 일거리 가지고 따뜻한 햇볕과 드넓은 대양이 있는 캘리포니아에 왔습니다. 이른 아침은 겨울 날씨인데 한낮은 초여름 같은 사막 기후입니다. 여행을 할 때마다 그런 생각이 드는데 이 혹성을 떠날 준비를 한 차례씩 치르고 있다는 느낌이어요. 이곳에서 겨울을 나려고 합니다. 신문 방송 안 보고 안 들으니 땅끝에 온 느낌입니다. 평안하세요.

92. 1. 17. LA. 지구의 나그네 법정 합장

STRAWBERRY HEDGEHOG CACTUS

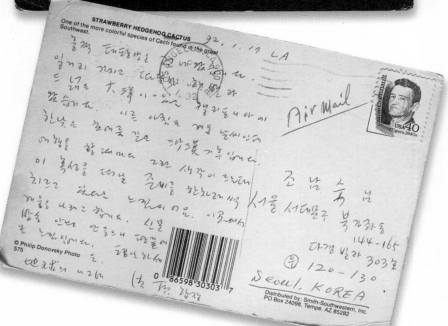

STRAWBERRY HEDGEHOG CACTUS
One of the more colorful species of Cacti found in the great
Southwest.

© Philip Donovsky Photo
575

Distributed by: Smith-Southwestern, Inc.
PO Box 24098, Tempe, AZ 85282

　　사진일기 받아보니 또 한 해가 저물구나 싶습니다. 장작을 때는 난
롯가에 앉아 돌솥에서 물 끓는 소리도 듣고 책도 읽고 차도 마시면서
겨울을 맞이합니다. 개울물이 얼어붙어 얼음을 깨고 물을 길어다 쓰는
데 물맛이 아주 좋아요.

　　요즘 밝은 달 보십니까. 동산에 달이 떠올라 얼어붙은 골짝을 비추
면 온 산천에 쇳소리가 나는 것 같습니다. 램프 불 아래서 파이프 올갠
소리를 더러 듣는데 이 오두막이 아주 거룩하게 느껴져요. 이 해가 가
기 전에 가마에 들러 몇몇 사람들 성토를 해야겠지요?

九五년 十二월 八일 법정 합장

산을 넘어 동해변에 와서 장엄한 일출을 보았습니다. 자연은 실로 아름답고 신비합니다. 수평선에서 솟아오르는 붉은 해가 마치 용광로에서 이글이글 타오르는 쇳덩이 같습니다.

영하 20도를 오르내리는 기온이지만, 실제 부딪혀보면 대단한 추위도 아닙니다. 사람들은 관념적인 생각 때문에 미리 기게 됩니다.

작업실에 난로 장만하셨습니까. 장작 타는 소리를 들으면 뭔가 만들고 싶어져요. 무쇠 차관에서 물 끓기 시작할 때 송풍소리松風声도 들을 만 하고요. 즐거운 나날 이루십시오.

병자년 모일. 법정 합장 (1996년)

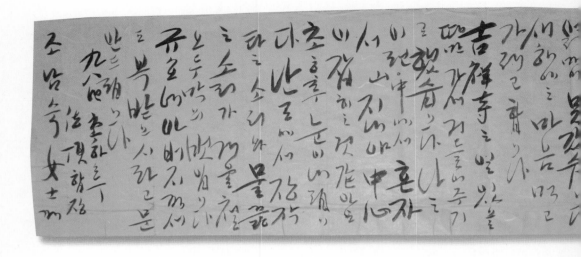

얼음장 밑으로 흐르는 시냇물 길어다 난롯가에서 차 한잔 우려 마시고 초하루 문안드립니다. 새해 복 받으시고 하시는 일마다 두루 성취하십시오.

헬렌 니어링의 《아름다운 삶, 사랑 그리고 마무리》 감명 깊게 읽고 몇 사람에게 권했습니다.

가마에 들른다 벼르면서도 이 일 저 일에 얽매어 못 갔습니다. 새해에는 마음먹고 가려고 합니다. 길상사는 일 있을 때만 가서 거들어주

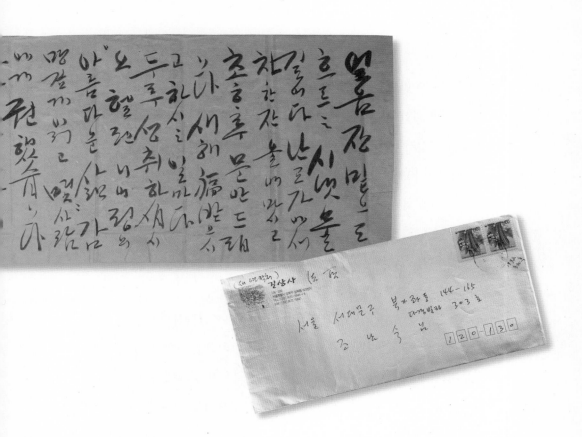

기로 했습니다.

　나는 이런 산중에서 혼자서 지내야 중심이 잡히는 것 같아요. 초하
루 눈이 내립니다. 난로에서 장작 타는 소리와 물 끓는 소리가 겨울철
오두막의 벗입니다.

　규호네 아버지께서도 복 받으시라고 문안드립니다.

九八年 초하루 법정 합장
조남숙 여사께

법정 스님 편지

43

편지와 책 진즉 받고도 이 일 저 일에 밀려 회신드리지 못했습니다. 《모리와 함께한 화요일》두 번 읽었습니다. 〈맑고 향기롭게〉소식지에도 소개하라고 일러두었습니다. 마지막 순간까지 인간의 품위를 지키면서 할 일을 다하고 간 모리 교수가 인간의 스승으로 우뚝 섭니다. 좋은 책 주셔서 감사합니다.

물난리에 별일 없으신지요. 가마에도 탈이 없는지 궁금합니다. 제 오두막은 별 탈이 없는데 개울물이 넘쳐서 징검다리가 잠기는 바람에 한동안 바깥에 나갈 일이 없었습니다.

규호 신혼살림 잘 살지요? 규호네 아버지 장마철에 건강하신지요.

길상회는 4년 남짓 간여했으니, 한동안 쉬려고 합니다. 길상사 법회도 그만두기로 했고요. 할 이야기도 없지만, 종교적인 집회에는 가급적 간여하지 않을 생각입니다. 어디서도 매인 데 없이 하고 싶은 일 하면서 살고 싶습니다.

별과 달 본지도 까마득 합니다. 맑은 바람 불어오면 가마에 들르려고 합니다. 물난리 속에 두루 평안하십시오.

98.8.15. 법정 합장

혼자 사는 사람들만 외로움을 느끼는 것은 아니다.
세상 사람 누구나 자기 그림자를 이끌고 살아가고 있으며,
자기 그림자를 되돌아보면 다 외롭기 마련이다.
외로움을 모른다면 무딘 사람이다.
너무 외로움에 젖어 있어도 문제이지만, 때로는
얼구리께를 스쳐가는 외로움 같은 것을 통해서 자신을 정화하고
자신의 삶을 밝힐 수가 있다.
따라서 가끔은 시장기 같은 외로움을 느껴야 한다.

법정 스님 말씀 산에는 꽃이 피네 류시화 엮음 동쪽나라

개울가에서 먹둥을 주워다가 혼자서 덮어 하나를 만들었다.

내가 사는 곳에는 눈이 많이 쌓이면 짐승들이 먹이를 찾아서
내려온다. 그래서 콩이나 빵부스러기 같은 먹을 걸 놓아 준다.
박새가 더러 오는데, 박새한테는 좁쌀이 필요하니까 장에서 사다가
주고 있다. 고구마도 짐승들과 같이 먹는다. 나도 먹고 그 놈들도
먹는다. 밤에 올 때는 이 아이들이 꼭 찾아 개울로 내려온다.
눈 쌓인 데 보면 개울가에 발자국이 있다.
그래서 내가 그 아이들을 위해서 해질녘에 도끼로 얼음을 깨고
물구멍을 만들어 둔다. 하나라면 만들면 그냥 얼어 버리기 때문에
숨구멍을 서너 군데 만들어 놓으면 공기가 통해 잘 얼지 않는다.
그것도 눈이 발자면서 내게는 너비 깊은 큰 기쁨이다. 나눔이란
누군가에게 끝없는 관심을 기울이는 일이다.

법정 스님 말씀 산에는 꽃이 피네 류시화 엮음 동쪽나라

[손으로 쓴 편지 내용 — 판독 어려움]

편지와 책 진즉 받고도 이런
저런 일로 回信 드리지 못했습
니다. '우리와 함께 한 하루살이'
들어 있었습니다. 맑고 향기롭게
소식지에도 소개하려고 알려두었습
니다. 끝까지 순간까지 인간의
품위를 지키려다 황홀을 더하고 간
우리 극수가 인간의 스승으로 우뚝
섰습니다. 참 잘 주위에 감사합니다.

물소리 별일 없으신지요.
기다려도 탈 없이 흐르락 하네요.
제 오두막 개울에 없지만 개울물
이 넘쳐서 질퍽거리고 잔차게
한동안 빗돌에 내일 일
이 있었습니다.

류로 신록 살러 갈 살겁요?

③
류로에 아버지 잘빠질에
건강하신지요. 온禮습니
4여 나섰, 엎어졌으니, 한동안
쉬기로 합니다. 온몸주로 베르려
그만 두기로 했고요.

혹 티나기고 싶지면, 글쓰고운
저희에서 거처정 없어지
않을 생각합니다. 어쩌시는 며
안 따 없이 하고싶은 일 벌이다가
살고싶습니다.

발과 딸 보시고 제마음 함께
발송 배웠 봤니면 기쁘게 들으
시고 합니다. 늘 내내 속에 두루
清安 하십시오.
98. 8. 15
남 淨 합장

규호네 어머님께

어머니 역할 하시느라 애 많이 쓰셨습니다. 친정 부모님께 진 신세를 자식들을 통해 보답하신 거지요.

불일암에서는 덕문이가 방 도배까지 해놓고 기다렸답니다. 저도 길상사에 들를 때면 보원에서 무슨 연락 없더냐고 덕조와 문수행한테 묻곤 했었습니다.

저는 그동안 오두막에서 찍소리 않고 없는 듯이 지냈습니다. 조계사에서 못된 중들 난동 부리는 바람에, 같은 중의 처지에서 낯을 들고 나다닐 수가 없었습니다. 미꾸라지 몇 마리가 온 강물을 흐려놓는 일 지켜보면서 자괴의 념念, 금할 길 없었습니다. 죄송합니다. 무고한 신자들과 시민들이 입은 마음의 상처를 위로해주기 위해, 남은 스님들이 비장한 각오로 정진해야겠다는 생각입니다.

　　며칠 전 불일에도 다녀왔습니다. 가는 데마다 건조한 날씨라 마음마저 까칠해지는 느낌입니다.

　　부모 된 도리 다 하시느라 김 선생님과 함께 애 많이 쓰셨습니다. 이제는 여유를 가지시고 유유자적할 수 있기를 바랍니다. 세상일이란 예측할 수 없으니, 하루하루 주어진 여건 고맙게 받아들이면서 때로는 오던 길 되돌아보는 여유도 지니십시오.

　　올해는 눈이 귀해서 겨울 산의 정취가 덜합니다. 두루 건강하십시오.

99. 1. 22. 수류산방水流山房에서 법정 합장

들꽃과 사진 잘 받았습니다. 밤 사이에 비가 오시고 지나가더니 天然에는 가을 냄새가 나기 시작합니다. 가을이 되면 공연히 바빠져요. 마음으로도. 어릴 적 눈여겼던 신경들이 새를 줄세를 바라서 그리움과 뭔지 모를 서글픔과.

밤길 지나 어떤 산속에서 "시래기"꽃을 잘 받들여 받습니다. 한줌의 메밀꽃의 어둠한 사람을 지내 사는 사람에게 시린 행복을 누리고 살겠다는 삶입니다.

산속 깊은 가을 받는 소리 들으니, 어디로지 흘쩍 길 떠나고 싶은 심정이 듭니다. 지리산에서 가지 며칠 어렵지 기리거나... 늦게 싶습니다.

바쁜 틈틈 한자씩 이 라고 일 없을 때도 읽어주세요. 신경 쓰지 마시고 보는 하십시오. 약속은 9/19 일이니까 한데... ...

가을 받으십시오.   9월 1일

아카데미하우스
Academy house
...yoo-Dong, Dobong-Ku Seoul, Korea TEL 993-6181/5, 993-5568, FAX 908-7246

541-930

서울 서대문구 북가좌동
144-165

120-130

편지와 사진 잘 받았습니다. 몇 차례 비가 스치고 지나가더니 천지에는 가을 냄새가 나기 시작입니다. 가을이 오면 공연히 바빠져요. 마음으로도요. 여름의 늘어졌던 신경들이 겨울 준비를 하느라고 그런지도 모르겠다는 생각입니다.

며칠 전에 광주에서 '시네마 천국' 잘 보고 들어왔습니다. 한평생 마음속에 애틋한 사랑을 지니고 사는 사람은 시린 행복을 누리고 살겠구나 싶었습니다.

설렁설렁 가을바람 소리 들으니, 어디론지 훌쩍 길 떠나고 싶은 생각이 듭니다. 지리산에나 가서 며칠 어정거리다가 올까 싶습니다.

마루 놓을 판자는 이다음 일 없을 때 운반하면 되니, 신경 쓰지 마시라고 하십시오. 약수암 법회가 9월 19일인데 그때 봐서 곤지암에 한번 들르든지 하겠습니다.

좋은 가을 맞으십시오.

1999년 9월 7일 불일암에서 법정 합장

조남숙 님에게

인도 불교성지를 다녀오셨다니 잘하셨습니다. 인도의 매력은 예와 이제가 함께 공존하고 있는 데 있을 것입니다. 간디도 말한 적 있듯이 인도의 정신은 가난한 서민들의 살림살이에 있습니다. 도시는 어디나 마찬가지로 서양물에 오염되었어요. 간디의 기도문 좋아서 〈맑고 향기롭게〉에 소개했습니다. 탑에 새겨진 제3의 눈은 육안이 아닌 혜안을 상징합니다. 참으로 보려면 마음의 눈으로 보라는 뜻이겠지요.

이런 일 저런 일에 골몰하느라 가마에 들른 지도 오래됐습니다. 꽃 피는 산골에 꽃이 필 무렵 가보고 싶습니다. 히말라야의 정기가 날마다 새롭게 움터 나오기를 바랍니다.

경진년庚辰年우수절雨水節 법정 합장 (2000. 2. 24)

CHATEAUX DE LA LOIRE ...
869 - CHAMBORD (Loir et Cher - 41)
Le plus vaste des Châteaux de la Loire
(156 m sur 117 m - 440 pièces)
It is the vastest castle of the Loire
(440 rooms - 63 stairs - 365 chimneys)
Es ist das grösste des Tals von der Loire
(440 Zimmer - 63 Treppen - 365 Kamine)

本自然 비앗로 어의깨
이곳 갈샹이 들레 수목이
많아 새소리에 겆이 깨앗녀
다. 새들이 깃드는 환경이
시내과 싫에 해경한 모겄오
컷 같나 14각이 들어오.

어과 모처과 매트로를로또
시내에 내괴어, 이 곳 故
들이 동고 행수 번세가 일데
잗선지 가나비 내요 들이 아찼습니다.

本自然 비앗로 어의깨
이곳 이버지의 동헝을 빌러지내첫

"프랑소는 1년들 행수를 이떻까
치바로는지 교실측거 물어질
첫 같다고"를 동각앗어오.
하정도 春과 매借를 꽃옥에
함께고 생각앗어오. 거는 이곳
에 왜과 오래바에 동헉을 뱃습니
다. 편아하시지오?

'00. 5. 18
사라에서
둥민 올림

본자연* 本自然 **보살님에게**

이곳 길상사 둘레는 수목이 많아 새소리에 잠이 깨입니다. 새들이 깃드는 환경이 사람 살기에 쾌적한 조건일 것 같다는 생각이 들어요.

어제 모처럼 메트로를 타고 시내에 나가는데, 이곳 여인들이 풍기는 향수 냄새가 얼마나 짙은지 기침이 나오고 골이 아팠습니다. 규호네 아버지의 표현을 빌리자면 "프랑스년들 향수를 어떻게 처바르는지 코 설주가 무너질 것 같더라" 쯤 될 것입니다. 화장도 격과 품위를 갖추어야 할 거라고 생각했어요.

저는 이곳에 와서 오랜만에 휴식을 갖습니다. 평안하시지요?

2000. 5. 18. 파리에서 법정 합장

* 법정 스님이 지어주신 법명法名

본자연 보살님께 (아직은 이런 호칭 생소하지요?)

자꾸 들으면 익숙해져요. 보살은 남을 위해서 사는 대지의 어머니랍니다. 늘 마음속에 담고 지내면서도, 뜸한 채 훌쩍 해가 바뀌었어요. 감기 앓고, 어깨 말 안 듣고, 정채봉 씨 병문안 몇 차례 다니고, 장례식 치르고 하느라고 바쁜 나날이었습니다.

오늘 아침 모처럼 눈 속에 묻혀 바흐의 올갠 음악 들었습니다. 카세트 테이프로요. 오랜만에 올갠 음악으로 샤워를 했어요.

눈길 트이고 날씨 풀리면 한 번 보원에 들르겠습니다. 새 책 나와 곧 지암으로 보내겠습니다.

두루 평안하십시오.

2001. 1. 15. 법정 합장

수행자는 그날그날 하루살이여야 합니다. 그러기 때문에 날마다 새롭게
시작해야 합니다. 꽃처럼 새롭게 피어나기를.

《봄 여름 가을 겨울》 법정 | 류시화 엮음 | 이레

本自然 빠삼 씀 어게

다 하가 바뀌었습니다. 나에게
허락된 나머지 하가 몇번이나 되는지
생각하는 한해의 무렵입니다.

...

Auguste Rodin
1840-1917
LA CATHÉDRALE · 1908 · PIERRE

...

02. 1. 10 於三流山房에서

본자연 보살님에게

또 해가 바뀌었습니다. 나에게 허락된 나머지 해가 몇 번이나 되는지 생각되는 한 해의 문턱입니다.

지난해는 그 전에 전혀 가지 않던 곳을 몇 차례 드나들었습니다. 병원이란 곳입니다. 인생의 종착역이 가까워지는가 싶었습니다.

기침과 천식 때문에 고생하다가 이것저것 좋다는 약 먹고 지금은 많이 회복되었습니다. 어쩌면 아홉수를 넘기느라고 그랬는지 모르겠습니다. 기침 때문에 밤잠 설치다가 요즘은 잠 잘 잡니다.

예쁜 그림든 책과 카드 감사히 받았습니다. 친구란 내 부름에 대한 응답이란 말이 있지만, 좋은 친구는 인생의 든든한 의지처입니다. 내게 그만한 의지처가 있는가 하고 가끔 되돌아보게 되어요.

이곳은 눈이 많이 쌓여 나를 게으를 수 없게 합니다. 개울로 가는 길, 변소 길, 나뭇간으로 가는 길이 기본 노선입니다. 먹고 배설하고 따뜻하게 하는 일이 겨울철 일과입니다.

올 겨울 한방에서 조그만 자금우 화분과 석창포가 눈길과 말길의 벗입니다. 곁에 살아있는 식물을 두고 있으면 가슴이 따뜻해집니다. 두루 평안하십시오.

02. 1. 10. 수류산방에서 법정 합장

두 사람

이제 두 사람은 비를 맞지 않으리라
서로가 서로에게 지붕이 되어 줄 테니까.
이제 두 사람은 춥지 않으리라
서로가 서로에게 따뜻함이 될 테니까.
이제 두 사람은 더 이상 외롭지 않으리라
서로가 서로에게 길벗이 될 테니까.

이제 두 사람은 두 개의 몸이지만
두 사람 앞에는 오직
하나의 인생만이 있으리라.

이제 그대들의 집으로 들어가라
함께 있는 날들 속으로 들어가라
이 대지 위에서 그대들은
오랫동안 행복하리라.

두 사람

이제 두 사람은 비를 맞지 않으리라
서로가 서로에게 지붕이 되어 줄 테니까.
이제 두 사람은 춥지 않으리라
서로가 서로에게 따뜻함이 될 테니까.
이제 두 사람은 더 이상 외롭지 않으리라
서로가 서로에게 길벗이 될 테니까.

이제 두 사람은 두 개의 몸이지만
두 사람 앞에는 오직
하나의 인생만이 있으리라.

이제 그대들의 집으로 들어가라
함께 있는 날들 속으로 들어가라
이 대지 위에서 그대들은
오랫동안 행복하리라.

※ 아파치족 인디언들의 결혼 축시

둘째 아들-며느리(규호-연주) 결혼식 때 법정 스님이 써주신 아파치족 인디언의 결혼 축시.

2

아름다운 편지

방혜자 선생님

　　방혜자 선생님과는 1985년 큰딸 미현이가 파리로 공부하러 간 전후로 30여 년 서로 오고 가며 우정을 나누고 편지를 주고받았다.

　　늘 몸이 약하셔서 걱정이었지만 건강한 사람 못지않게 활기찬 작품활동으로 국내외에서 수많은 전시와 우리 문화를 외국에 알리는 역할들을 하고 계시다. 예술을 하는 우리나라 학생들이 프랑스로 유학가면 이것저것 챙겨주시는 대모와 같은 분이다.

　　초창기 미현이 유학생활에 받은 도움을 늘 고맙게 생각한다.

1995년 11月 19일

미련엄마아빠께.

　　찬바람을 가르며 새벽길을
걸어 화실에 왔습니다. 마음에 그려지는
많은 형상을 정리하며 걷는길을 늘
분주합니다.　　선생님의 이번 작품들의
따뜻한 색을 마음에 보듬고 지내는
흐뭇한 날들이 참좋습니다.

　　옥수동 언니께서, 지난번 참기
온 현미쌀을 또 인편에 보내셨습니다.
그래서 보원오의 풍성함을 다시, 세포속까지
영양을 공급해주고 있습니다. 정성으로
감사드리고 싶습니다.

　　시몽아빠도 오늘 도착하고
사빈도 며칠후 올라오면 오랫만에
네 식구가 다 모이겠습니다

사빈이는 시골에서. 동물들과, 자연과,
아이들과, 씩씩하게, 스스로의 뜻대로
자신의 이상향 生活을 이루어가고 있읍니다.
사회적 위치, 경제적 노예, 자신의 성공
을 다 뒤로하고. 자리의 씨앗의 소리 에 하나가
되어 살아나갈수 있는 그 자신감을 어디서
오는지 --- 저도 배워가며 살고싶읍니다.
젊은이들이 자꾸 도시로 향해 모이고
있는 현실에서 ---- 그러한 生活선택은 더욱
건전하게 보입니다.

　　전시회 때 고생도 많으셨지요? --- 두분의
즐거워하시는 모습이 여기까지 환하게
보였는데 --- 이제 좀 휴식을 취하
시기 바랍니다.

　　　두분의 건강하심을 기원하면서
인사을 맺읍니다　안녕하십시요.

　　　　　　　　　　惠玉 올림.

2004년 6月9日

두분 선생님, 무더워지기 시작된 요즈음,
보내 주신 편지를 매일 한번씩 읽고
웃음을 즐겨, 되새기고 있읍니다. 항상
비행기를 태우시다가 제가 돌아서서
뒤돌쳤을 때의 "흉도 보신다나...그 즐거움을
느껴 보시을 참기회를 주셔서 참으로
기쁩니다. 선생님의 비양거리심이 그리워
지고 있읍니다." 秋養으로, 제나름의 해석을
해 보면 저의 건강에 "둘도 없는 "비밀스런
영양제"인것이 틀림 없읍니다.

불품 없고 개미 소리 같은 음성에, 주책없이
늘 받기만 하는 저를 항상 아껴 주시고
넉넉히 베풀어 주시는 방장스님의 큰은혜를
다 어찌 갚을수 있겠읍니까! 그 옆에 보라
하고 계신 관세음 보살님, 두분의 웃음
소리가 Paris 하늘까지 쩡쩡 울리는듯
하여, 마음이 새가 되어 함께 합창
하고 있읍니다. 원봉부장님 여러분의
아름다운 모습도 그리워 하며, 또 원경사
스님들의 꽃같은 금빛 마음, 다 감사 드리며
뵈올때 까지 모두 평안 하심을 빌겠읍니다.

항상 비행기를 태우시다가 제가 돌아서니 뒤통수에 대고 흉도 보신다니… 그 즐거움을 드린 보시할 기회를 주셔서 참으로 기쁩니다. 선생님의 비양거리심이 그리워지고 있습니다. '비양秘養'으로, 제 나름의 해석을 해보면 저의 건강에 둘도 없는 '비밀스러운 영양제'인 것이 틀림없습니다.

정양완 선생님

    정양완 선생님은 학문과 예술성을 겸비한 신사임당 같은 분이다. 아버지 위당爲堂 정인보 선생님의 학문과 인품을 이어받으셔서 아버지의 책을 정리해서 출간하시고, 선생님도 국문학자로서 많은 업적을 남기셨다.

    부채에 단아한 글씨로 아름다운 시를 써주셔서 더운 여름을 시원하게 날 수 있는 운치를 선물해 주셨다. 책에 실린 편지는 부채를 내게 선물하며 써주신 글이다.

조남숙 여사님

보원 가마의 터를 지헌 선생님과 함께 닦고 가마 식구를 덥두들기며
키워 오신 큰 공로자 조 씨 마님! 하례 드립니다. 마님께서도 따로이
주시고 싶은 안손님도 계실 듯 미련한 짓 해보았습니다. 웃고 받아주
십시오.

정해丁亥 10. 26. 완미당婉美堂

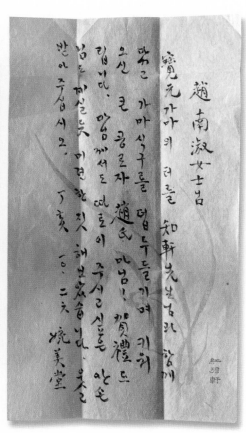

김재복

　김재복은 이번에 편지로 책을 묶게 된 제일 큰 동기가 되어준 친구다. 이대부중 4회 졸업생으로 50여 년 미국에 살고 있어 연락이 없었는데 졸업 30주년에 모교에 왔다가 곤지암 우리 집에 들러 다시 연결되었다.

　1996년 남편 도자기 전시차 미국 앨라배마에 갔다가 들르라고 여러 번 연락해서 LA에 있는 그의 집을 처음 방문했다. 그 후 몇 번 미국 방문 때 그의 집에서 혹은 다른 곳에서 만나 따뜻하고 후한 환대를 받았다.

　그의 손과 눈을 거치면 미다스의 손처럼 모든 사물이 예술로 변해 감동하게 한다. 내게 보낸 수많은 편지들이 대부분 스스로 카드를 만들고, 봉투를 만들어 보낸 것이다. 나 혼자 보기엔 정성과 깊은 마음이 너무 귀해 주변에 이렇게 사는 생활예술가가 있다고 알리고 싶었다.

남들이 함부로 버리는 신문지 한 장, 바닷가에서 오랫동안 파도에 닦여진 유리병 조각들을 나름대로 이리저리 접고 붙여서 곤지암 '봄길' 도 만들고, 갸름한 조약돌을 주워다가 수저받침도 만들고….

무궁무진 폐품 활용으로 작품을 만들어 편지를 보내 받을 때마다 깜짝 놀라고 감탄하게 한다. 20여 년 재복이가 보낸 편지, 마음 씀씀이가 나를 돌아보게 하고 잘 사는 삶의 모습이 어떤 것인지 깨우쳐 준다.

넘치도록 많은 사랑과 기쁨과 편지를 통한 깊은 울림을 갖게 해준 재복에게 뜨거운 감사의 마음을 보낸다. 부디 건강이 빨리 회복되어 또다시 대륙 횡단과 파리에서의 한 달 여행을 실천해주길 간절히 기원한다.

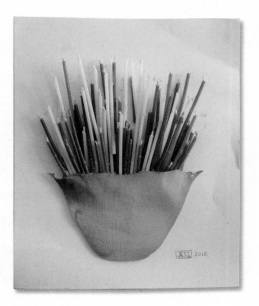

김재복이 남편 80세 생일에 보내준 카드. 80개의 초에서 그의 마음과 정성이 엿보인다.

선생님 내외분께

오랫동안 소식 못 올려 옷깃을 여미며 정중히 용서를 바랍니다. 벌써 오래전에 선생님 내외분 뵙고 돌아와서 쓴 편지는 봉투에 한글로 적고 South Korea로 쓰지 않아 다시 돌아왔고, 1997년 크리스마스 카드는 한 뭉텅이를 써 놓고 보내지 않은 것을 나중에 발견하였고… 그러다 보니 늘 생각하면서도 이렇게 되었어요.

지난 4월에는 10여 년 넘게 살던 집을 정리하였고, 그동안 네 번씩이나 이사하면서 떠돌이 생활을 했답니다.

선생님께서 보내주신 엽서나 곤지암에서 있었던 작은 아드님 혼인 소식은 워싱턴으로 배달되어 잘 받았습니다. 용학 선생* 안식년으로 1년을 워싱턴에서 지내고 있습니다. 여름만 지내고 돌아갈 예정으로 왔지만, 계획이 바뀌어 계속 머무르면서 월동 준비 없이도 그럭저럭 추위를 막으며 많은 것 배웠습니다.

떠돌이 생활을 하고 있으니 저만의 공간이 없고 안정되지 않아 편지를 쓰게 되지 않더군요. 두 분 생각날 때 가끔 곤지암으로 전화를 드렸는데 잘못된 번호라 하여 그나마 연락을 못 드렸지요.

저는 이곳에 있는 동안 스미스소니언에 속한 국립 자연사 박물관에서 일주일에 3일 자원봉사를 하고 있습니다. 종일 아침부터 저녁까지 일하고 오지요. 일주일에 한 번은 인류학자, 고고학자가 자료 분류하는 것을 도와주고, 두 번은 인류학 보존연구소에서 각 인류의 물품을

---

* 김재복의 남편, 천문학 교수.

보관하는 것을 도와줍니다. 도와준다기보다 제가 배우는 것이 더 많아 정말로 좋은 기회여서 기쁘지요. 다음에 더 자세히 어떤 일을 하였는지 연락 드리지요. 앞으로 자주 편지 올리겠어요.

선생님, 저의 결례를 솜처럼 따뜻한 마음으로 안아 주시기를 바라며 목화송이를 보냅니다. 두 분 건강하시고 제가 워싱턴에 머무르는 동안 이곳에 오실 기회가 있었으면 하고 바랍니다.

1999. 1. 31. 재복 드림

선생님께

초여름입니다. 좋은 봄날에 캘리포니아 새 집으로 보내주신 책을 워싱턴에서 잘 받고 이제야 소식 올려 죄송합니다. 바쁘신데 책을 구하여 보내주신 선생님의 따뜻한 배려에 감사드립니다.

〈한복 입은 남자, 안토니오 코레아〉외에 많은 삽화를 보고 읽으며 배울 수 있었고 재충전하였습니다. 더욱 앞으로 미국 사람들과 한국에 관해서 대화 나눌 때 좋은 참고가 되겠어요.

동봉하는 사진은 지헌 선생님 다기, 김영숙 선생님 노모께서 손수 만드신 밥상보, 제가 어릴 적부터 수선화를 기르던 수반 등등… 제 나름대로 정서가 담긴 집이었지요. 오랫동안 심사숙고한 끝에 간소화할 생각으로 짐을 처리했는데… 그와 달리 일이 더 커졌습니다.

새집은 제가 설계하여 이상적으로 지은 게 아니고, 집 장사가 지은 것인데… 덩그렇게 크기만 하여 천장이 너무 높아 아늑한 맛이 없어 정이 안 가네요. 8월 초까지 워싱턴에 머물고 돌아가니 대외적으로 일을 시작해야겠지요. 짐 정리가 되면 선생님 내외께서 오실 수 있기를 기대해 봅니다.

《파란 눈에 비친 하얀 조선》에서 총 천연 염색의 한국 발자취를 보았습니다. 다시 감사드립니다.

1999. 5. 17. 재복 드림

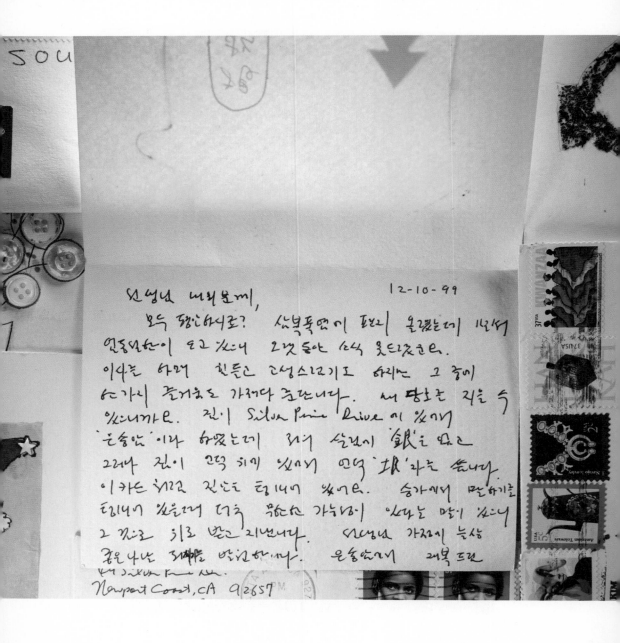

선생님 ... 께,
　모두 평안하신요? 삼복폭염이 ...

12-10-99

Newport Coast, CA 92657

이사하며 힘들고 고생스럽기도 하지만 그중에 한 가지 즐거움도 가져다 준답니다. 새 당호를 지을 수 있으니까요. 집이 Silver Pine Drive에 있어서 '은 송암銀松巖'이라 하였는데 저의 살림에 '은銀'은 없지만, 집이 언덕 위에 있어서 언덕 '은垠'자를 씁니다. 이 카드처럼 집 안은 텅 비어 있어요. 승가에서 말하기를 텅 비어 있을 때 더욱 무한한 가능성이 있다고 하니, 그것으로 위로 받고 지냅니다.

그리운 선생님께

  그동안도 평안하시죠. 저는 곤지암에서 한국 정서에 흠뻑 젖을 수
있는 귀한 시간 보내고 돌아왔지만 아직도 긴 여운이 남아 있습니다.
두 번씩이나 환대를 받으면서도 기쁘기도 하고 송구스럽기도 했지요.
점점 약삭빠르고 형식적으로 살아가는 세상이라지만 곤지암에서 두
분의 따뜻함과 고운 정을 나눈 감격을 저는 소중한 보물로 간직하고
있습니다.

  선생님 연륜과 함께 쌓아오신 지혜와 가식 없는 향기는 많은 것을
생각하게 했지요. 오로지 고등학교 때 '도서 선생님' 만이 아니시고 평
생 저로 하여금 많은 것을 배우게 해주시는 선생님과의 아름다운 인연
을 생각하노라면 이번 겨울이 더욱 푸근하게 느껴집니다.

  선생님, 지난 가을 댁내에 여러 가지로 힘드셨을 텐데 저한테까지
따뜻한 배려를 해주셔서 눈물겹도록 감사드립니다. 아픈 상처를 건드
리는 것 같아 죄송합니다. 그러나 아들을 잃은 저로서 그 슬픔을 어느
정도 감지할 수 있으며 같이 나누고 싶습니다. 선생님 손녀딸이 그리
던 세계에서 평화를 누리기를 바라지요.

  내년 봄이 오거들랑 샌디에이고에 오시기를 손꼽아 기다립니다.

  두 분 건강하시고 새해에 더욱 복된 삶을 누리시기를 발원합니다.

                                              2002년 세모. 재복 드림

80

봄처녀 선생님 내외분께

곤지암 보원요로 올라가는 '봄 길'의 정취를 상상하며 파도에 씻긴 유리로 카드를 만들어 보았어요.

두 분께서 떠나신 후에도 은송암은 아직도 선생님 내외분의 은은한 향기로 가득 차 있답니다. 거실에 놓인 지헌 선생님 작품들, 부엌에는 두유 기계, 궁중 약과, 인삼, 엿, 부각, 우전 작설차 등등. 장독대로 나가면 곤지암 고추장과 된장, 침실에서는 선생님께서 주신 책들을 매일 읽고 있지요. 이 귀한 선물들… 두 분의 따뜻한 정과 함께 받고 보니 그 고마움에 더욱 가슴이 찡해집니다. 무거운 선물들을 힘들게 가져 오셨으니 더욱 소중히 간직하겠습니다.

또한, 두 분 덕분에 3박 4일 간 함께 한 여행이 환상이었지요. 이곳에 머무시는 동안 제가 재빠르지 못해서 대접도 제대로 못해드려 죄송합니다. 그러나 선생님과 함께 지내며 진정으로 행복했답니다. 선생님께서 간직하고 계신 사랑과 여유로움은 제게 행복해질 수 있는 에너지를 가르쳐 주었습니다.

두 분 건강하셔서 앞으로 재회할 수 있는 기회가 많이 오기를 기원합니다.

2003년 4월 초하루를 보내며, 재복 드림

지난 봄에 주신 우전 잘 마시고 있습니다. 한국 향
기가 들었던 차 잎들이 너무 귀하고 아까워 마신 후
말려 두었다가 두 분 향기가 가득 찬 다관을 만들어
봅니다. 고마운 마음 듬뿍 담아 넣었지요.

존경하는 버위분께,

지난 봄에 주신 우린 잘 마시고 있습니다.
한 잔 한 잔에 들어 있는 맑은 순수한이 차 안에
있으면서 그 차를 마시는 나는 그 기품을 갖추지
못하였으니 때때로 차 맛을 내어 마시고
있노라 안송하네요. 한국 향기가 들었던 차 원들이
너무 귀하고 아까워 마신 후 모려 두었다가
두 분의 향기가 가득한 다락을 만들어 봅니다.
그리고 괴면 마음 듬뿍 담아 넣었지요.
아름다운 삶 보내시기를 기원합니다.
                    2003년 11월 6일   재북 드림

J.B.Kenin
49 Silver Pin Dr.
Newport Coast, CA 92657
U.S.A.

SANTA ANA CA 927
PM
14 MAY

BLACK HERITAGE
USA 37

BLACK HERITAGE
USA 37

YONG H. &
49 SILVER P
NEWPORT COAS

83

본자연 선생님께

무더운 더위는 좀 수그러들었는지요. 모시, 삼베조각, 바닷가에서 주워 온 유리로 카드를 만들면서 두 분께서 한여름 더위를 조금이나마 잊으셨으면 하고 바랍니다.

언제나 받아도 정겨운 선생님의 사진과 〈KTX〉 잡지도 잘 보았습니다. 지금까지 선생님께 보낸 저의 편지들은 정말로 보잘 것 없는데 공개하게 되었다니… 쏟아진 물이라 생각하겠습니다. 흥을 감추면 두 배로 늘어난다고 하니 있는 그대로 보여야겠습니다.

워싱턴에서 여름 잘 보냈고, 영희, 상숙이와 함께 점심도 먹었습니다.(김성자 씨도 뵈었구요) 은송암에 돌아와 생활 리듬도 정상화되었지요.

곤지암에서 주신 유기농 콩으로 두유를 해먹으며 두 분의 배려, 늘 감사드립니다. 귀한 복 많이 누리시기를 기원합니다.

2004. 8. 16. 재복 드림

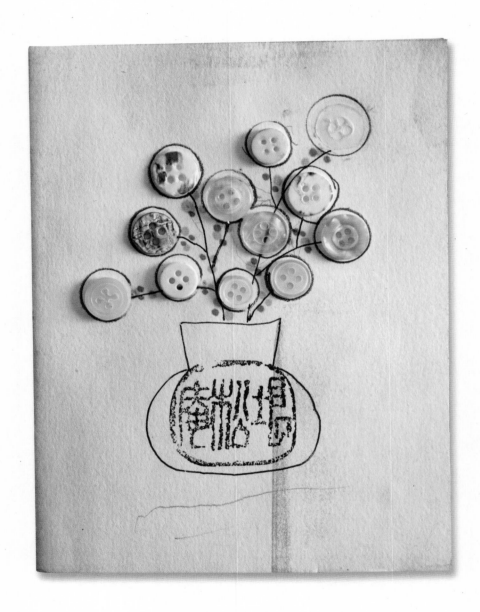

그리운 선생님께

　은송암에 단추 바람이 불었나 봅니다. 반짇고리에 굴러다니는 단추 폐물을 이용하였지만 지헌 선생님께서 보원요에 해놓으신 꽃꽂이를 생각하면 부끄럽기만 하네요.

　이농 보살님 편에 보내주신 귀한 된장, 고추장 잘 받으며 선생님의 따스한 정에 다시 한 번 감동 받았습니다. 또한 김장 김치까지 주셨다는데 곧 받을 수가 없어 그분께 드리라 했지만 '맛 못 본 김장 김치' 맛을 생각하면 침이 저절로 넘어갑니다.

　지난번 〈KTX〉 책에 난 기사 잘 보고 전화드렸는데 여행 중이시라 하여 전화 받으신 분께 잘 받았다고 전해달라 하였지요. 제가 보낸 카드 중에 다관이 있는 게 제일 뜻이 깊다고 생각했는데 기자님도 잘 본 것 같아 기뻤습니다. 선생님 덕분에 좋은 경험 감사드립니다.

　봄에 한국에 가려던 예정을 가을에 용학 선생과 함께 가기로 바꾸었어요. 을유년에 선생님 고희를 하시는지, 다음 해에 하시는지 알고 싶네요. 건강하시고 또 연락 드리겠습니다.

2005. 1. 15. 재복 드림

김 선생님 내외분께

　기억이 나시는지요. 2년 전 봄, 미국 여행 오셨을 때 은광촌에서 찍은 사진을 보니 정다운 대화를 밤새도록 나누던 시간이 새록새록 떠오릅니다. 앞으로 좋은 시절 인연이 와서 재회의 기쁨을 은송암에서 나눌 수 있기를 기원합니다.

　지난 봄 보원요에 갔을 때 제게 주신 따뜻한 정과 융숭한 대접은 아직 긴 여운이 가시지 않고 있답니다. 늘 두 분의 후덕함에 머리가 숙여집니다. 항상 건강하시고 강건하시기를 바랍니다.

2005. 4. 4. 재복 드림

김재복은 남편과 허담 스님(왼쪽부터)이 은광촌 사진판 앞에서 촬영한 사진이 마치 액자에 들어있는 것
처럼 카드를 만들어 보내주기도 했다.

선생님께

  42년 전 도서실 생각이 납니다. 저는 낯간지러운 변명할 필요없이 우수한 학생도 문학소녀도 아니다보니 도서실에서 얼마나 많은 책들을 읽고 감명을 받았는지 기억나지 않지만, 그때 도서실 분위기는 생생히 기억합니다. 선생님 특유의 미소는 도서실을 따스한 온기로 채우셨고, 수줍은 듯 하지만 여유 있는 미소는 저를 푸근하게 해주셨답니다. 10대에 느꼈던 그 푸근함은 1994년 선생님과의 재회에서도 변함없었어요. 그리곤 희랍의 철학자 헤라클레이토스의 말이 믿어지지 않았지요. "이 세상에 영원히 변하지 않는 것이 단 하나 있다. 그것은 모든 것이 변한다는 사실이다."

  변함 없는 사랑을 주시는 스승님을 가진 복을 누릴 수 있으니 이것 또한 행복 아니겠어요. 지난 10여 년 넘게 한국과 미국에서 나눈 귀한 시간들… 도서 선생님에서 이제는 본자연 보살님이라고도 부를 수 있는 아름다운 인연… 겸허와 자부심의 조화를 이루면서 본보기가 되시는 선생님… 이 모두 감사히 생각하며 스승의 날을 맞이하며 몇 자 적어 보았습니다. 건강히 아름다운 삶 누리시기를 기원합니다.

2005.5.2. 채복 드림

추신: 지헌 선생님 편지 재미 있게 받았습니다.

그리운 선생님 께,

온 가슴이 문득이 들어 뵈기면 선생님 생신이라
알고 있어요.

온 솜씨에 되어 가는 보라색 꽃 리본 층리를
엮으며 선생님께서 지내신 삶을 생각해 보며
연필와 함께 살아 오신 지혜, 모란스런 희망을
풍기는 맛, 한 바라국 뒤에가 피는 리은리며 희로
격려를 해주는 선생님은 모신 제가는 참으로
복이 많다고 믿습니다. 그 리해를 헛걸하게 표현
할 능력이 없음이 애석합니다. 그리고 선생님
닥스러가신 인품이 저 손에 건언되요으면 하는 손는
나던도 가져 봅니다.

선생님, 건강히 여러고 싶은 보란오세
누리기를 기원합니다.

2005년 9월

재북 드림

초가을 문턱에 들어서면 선생님 생신이라 알고 있
어요. 은송암에 피어 있던 보라색 꽃 70송이를 엮으
며 선생님께서 지내신 삶을 생각해봅니다.

그리운 선생님께

프로방스의 가을은 어떤 색깔이었는지 궁금하네요. 뜻깊은 여행을 무사히 마치고 돌아오셨으리라 믿습니다. 여행 떠나시기 전 바쁘실 텐데 제 생일을 기억하시고 카드와 책을 보내주시니 감사합니다.

10월 28일쯤 불 땔 예정이라 하셨는데 그때쯤 곤지암에서 두 분을 뵐 수 있기를 바랍니다.

은송암 촌사람 둘이서 여행사에서 하는 중국 관광에 끼어 갔다 10월 21일 서울에 도착할 예정입니다. 용학 선생과 동행하니 24시간 시녀(?) 노릇으로 자유(?) 시간이 얼마나 있을지 모르겠지만 곤지암에 가서 두 분 뵙는 것을 최우선으로 삼고 있답니다.

그때를 기다리며 은송암 근교에 핀 꽃들을 엮어보았습니다.

2006년 10월 초하루. 우경(재복) 드림

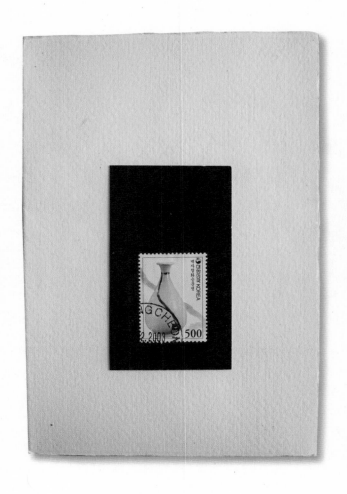

오래전 선생님께서 보내주신 우편물과 함께 온 우
표가 마음에 들어 간직하였다 2007년 스승의 날 카
드를 만들어 재활용해봅니다.

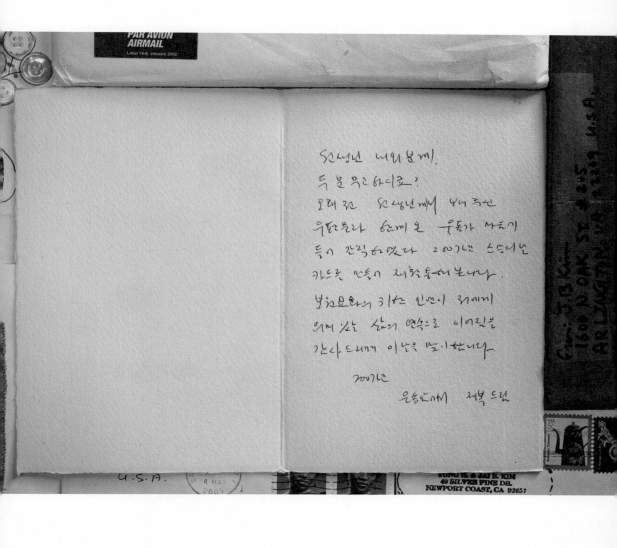

선생님 내외분께,
득 분 무고하시료?

오래 전 선생님께서 보내 주신
우편물과 함께 온 무슨가 사도기
들이 잔직하였다 2007년 조승의선
카드를 민족기 제첨롤해 보냅니다.

보건문화의 기자 인연이 지게게
외여 성는 삶의 연속으로 이어짐을
간다 드네게 이난은 밀이 한니다.

2007년
운송의께서 재복 드립

High school senior 1964

선생님께

그때 제 사진이 지금 제 모습이겠죠.

이대부중고 시절보다는 지난 15년 동안 더 많은 걸 선생님께 배우고 있답니다. 선생님과의 귀한 인연에 감사드리며 건강히 지내시기를 기원합니다.

2009년 스승의 날을 맞으며, 재복 드림

선생님께

전화에 담긴 두 분과의 대화 반가웠고 무엇보다 상원네가 은송암을 찾아주어서 참 기뻤습니다. 또한 곤지암 고춧가루와 귀한 우전도 보내주셔서 고맙습니다. 늘 선생님 댁을 생각하며 잘 먹겠습니다.

상원이는 지헌 선생님 말씀대로 여러 면에 천재성을 지닌 걸 알 수 있었어요. 학구적으로만 알고 있던 상원 엄마는 부엌일도 재빠르게 잘하고 저를 많이 도와주었어요. 편히 쉬지도 못하고… 일만 하다 간 것 같아 미안한 마음이 남아 있습니다. 상원 아빠는 흰머리가 잘 어울리는 관록 있는 교수님이면서도 상원이에게 게를 까주는 자상한 아빠의 모습도 보기 좋았지요. 세 식구한테 매료되어 친숙하고 정이 들어 이제는 그리운 얼굴들이 되었네요.

더위가 한창이지요. 오늘은 입추입니다. 더울 때 입추를 두어 서늘함을 생각할 수 있음은 조상님들의 현명한 지혜라 믿어요. 여름내 서늘함을 느끼게 해 준 섬유와 동네 바닷가에서 수집한 유리 조각 중 가을색 하나를 넣어 '볼 관觀' 자를 만들며 입추를 맞이합니다. 저의 한자 실력은 초등학교 수준도 못되니 모시와 베 헝겊 조각을 붙여 해괴망측합니다만, 폐물 재활용하였다는 데 의미를 주세요. 멀리 계시나 가깝게 느껴지는 선생님이 계시니 참으로 운 좋은 제자입니다.

마지막 더위 몸조심하시며 건강히 지내시기를 기원합니다.

2008년 입추를 맞으며, 재복 드림

오른쪽 아래에 붙였던 갈색 돌 하나가 떨어져 나갔다.

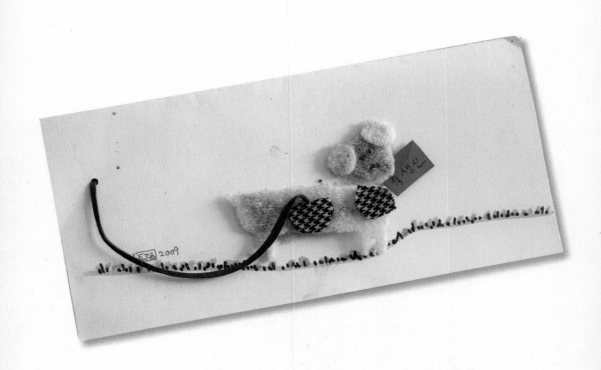

곤지암으로 뛰어가 생신을 축하드리고 싶은 심정입
니다. 무술년생 제자는 바둑이에게 카드를 물려 보
냅니다.

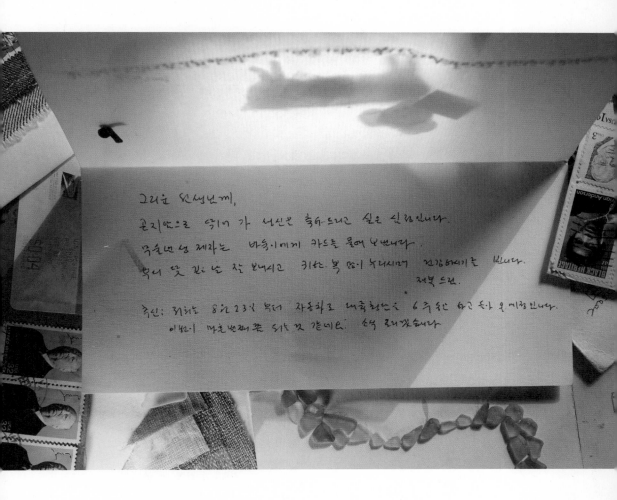

그리운 선생님께,
근자안으로 익이 가 서신은 축하드리고 싶은 신님입니다.
목소면 성 제라는 바둑이에게 카드를 물어 보냅니다.
부디 닷 긴는 잔 보내시고 키한 복 많이 누리시며 건강하시기를 빕니다.
재복 드림.

축신: 저희는 8월 23일 부터 자동회로 대학원으로 6주간 학교 둘이 오 예정입니다.
이것이 마흔번째 쓴 것는 것 같네요. 순식 로래겠네라.

선생님께

주신 선물들… 넙죽넙죽 받기만 했네요. 향도 피워 보았고 금가루보
다 더 귀한 곤지암 고춧가루를 쓸 때마다 농사지은 분들을 생각하며
사용하고, 고추장, 된장 먹으며 무거운 짐을 가지고 오시느라 힘드셨
을 생각도 합니다.

오늘은 사진 다이어리도 받았습니다. 매년 잊지 않으시고 보내주시
는 성의에 감사드립니다. 소박한 한국적 미를 볼 수 있어 푸근함도 느
낀답니다.

저한테 베풀어 주시는 사랑에 답례도 못하며 지내니 부끄럽기만 하
네요. 이러면서 삽니다.

늘 옆에 계신다고 생각하니 정신적으로 든든하지요. 부디 건강하시
고 임진년에도 곤지암에 좋은 날들이 함께 있기를 두 손 모읍니다.

2011년 세모. 재복 드림

추신: 오래전에 받은 우편물 봉투에 있던 우표를 재활용하였습니다.

김영철

 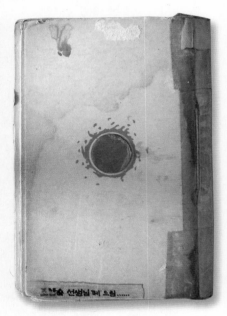

　중1 때 학급신문을 내고 시화집을 만들어 소포로 보내준 기특한 학
생이다. 후에 대학도 나와 같은 교육학과를 가서 현재 충북대학교 교
육학과 교수가 되었다. 고사리 손으로 학급신문을 만들었던 친구가
성인이 되어 〈교육 전문서〉를 보내왔을 때 감회가 깊었다.

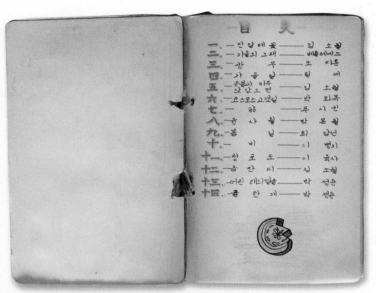

김영철이 중 1때(1974년) 손수 만들어 보내준 시화집 〈무無〉.

선생님께

　선생님, 그간 안녕하십니까? 저도 아무일 없이 잘 있읍니다.
선생님께 자그만 선물을 드리고 싶읍니다.
만들고 나니 예쁜 시집이었읍니다. 기쁘게 받아 주시면 감사하겠
읍니다.

　선생님께선 정말 멋진 분이세요. 지난 성탄 예배때 선생님께선
저를 보고 웃으셨지요. 선생님 께선 선생님께서 하신 일에 만족을
느끼시는지요?

　제가 만든 시집을 선생님께 드립니다.

　이 시집의 이름은 선생님 께서도 보시다 시피 '무'입니다. 없다
는 뜻이지요. 왜 제가 이 시집의 제목을 '무'라고 했는지 아셔
요? 거기엔 제가 생각한 뜻이 있답니다. 아침에 일어났을때
스치는 제목이었답니다. 나라는 놈은 이상한지 몰라도 저는 '무'
가 좋았읍니다. 없다는게 좋았기 때문 입니다. 일년을 보내는
이 마당에서 아무꺼리낌 없이 지난 다는것이 얼마나 좋고 마음
편한 일인줄 압니다. 꼭 일년 이란 기간이 아니더라도. 선생님
께선 윤동주씨의 서시를 잘오시며 그 하나하나 글귀를 되
새김을 좋아 하시지요? —죽는날까지 하늘을 우러러 한
점 부끄럼이 없기를, 잎새에 이는 바람에도 나는 괴
로워 했다. 별을 노래하는 마음으로 모든 죽어가는
것을 사랑 해야지. 그리고 나한테 주어진 길을 걸
어가야겠다. 오늘도 별이 바람에 스치운다. —
저도 가끔 선생님을 생각하며 이 서시를 외운
답니다. 하여간 전 없다는게 좋았을 뿐 입니다.
그리고 여기 이 시집에 쓰여있는 시를 틈나는

108

대로 읽어주지요.
그럼 그만 쓰겠읍니다. 자주 편지 보내도록 하겠읍니다.

                    1974. 12. 23
                            선생님의 자랑스런 제자 영철

(아참, 선생님.
  마음의 거울을 아세요? 슬픈 일이나 괴로운 일이 없을때
  그 거울을 보세요. 그럼...)

조남숙 선생님께 올립니다.

선생님께 편지 올리기는 오래간만인 것 같습니다. 지헌 선생님께서도 안녕하시지요. 외국 전시회는 무사히 잘 끝나셨겠지요. 무슨 날을 빌려 선생님께 글을 쓰게 되어 송구스럽기도 하고 부끄럽기도 합니다. 그래도 그런 날이 있다는 것이 다행입니다. 저 같은 게으름뱅이에게는요.

저는 문체부 산하 '청소년 대화의 광장'이라는 단체에 근무하게 되었습니다. 별의별 사람들을 만나 상담합니다. 그리고 논문을 따라 그렇게 되었는지, 신의 섭리인지 '부모교육' 사업을 맡고 있습니다. 제게는 과분한 일이지요. 집은 과천에 있습니다.

그리고 숙대와 세종대에서 이것저것 가르치고 있습니다. 옛날 중학교 선생님 할 때가 좋았습니다. 머리 큰 학생들은 정말 가까워지기 어렵습니다. 돌아서면 잊히는 것이 어른들 만남 아닌가요. 그렇지만 영혼이 말랑말랑한 아이들은 그렇지 않습니다. 다시 중학교 선생이 된다면 공부를 핑계로 아이들을 소홀히 대하지 않을 텐데… 그런 생각이 듭니다.

아니, 지금 여기에 저의 위치도 선생이자 아버지인데 돌아오지 않을, 또 있지 않을 이상을 꿈꾼들 무슨 소용이 있겠습니까. 제가 좋은 선생이 된다는 것 - 그것을 이상으로 간직할 수 있다는 것 - 그것만으로도 조남숙 선생님은 훌륭한 선생님이셨습니다. 선생님 또 뵙겠습니다.

지헌 선생님과 따님, 아드님들 모두 건강하시고 충만하시길 기원합
니다.

1996. 5. 16. 김영철 드림

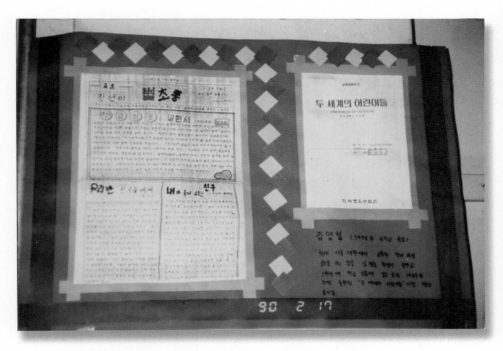

내가 1990년 이대부중을 그만두던 해, 학교 복도에 전시한 졸업생 여덟 명의 과거와 현재 모습 중 김
영철 코너. 〈별초롱〉은 김영철이 중 1때 만든 학급 신문이다. 독서, 자작시와 수필, 학교에 대한 이야기,
건의 사항들을 담고 있다. 오른쪽은 교수가 되어 쓴 교육전문서 표지.

최진원

이대부중 50주년 기념 문집에 '조남숙 선생님께'라는 최진원의 편지 한 편이 실려 있었다. 졸업한 지 30년이나 지났을까, 중학교 2학년 국어 시간에 만난 이후 처음으로 지면으로 만난 제자다. 시화집을 만들고 문집을 만들고 시를 암송하던 남학생으로 졸업할 때 자기가 만든 문집(진원글집)을 슬그머니 내 책상에 놓아두었다. 당시에도 글을 잘 쓰고 그림도 잘 그려서 인상에 남았던 학생이다.

얼마 후 신문에 '미스터 소크라테스'라는 영화 광고가 실렸다. 최진원이 시나리오를 쓰고 감독해서 만든 작품이라 영화관에 가서 인상 깊게 보았다. 이대부중 교문도 나오고 내용 속에 교실에서 공부하던 장면도 보이는 것 같아 감개무량했다.

중학교 졸업 후 몇십 년 동안 보지도 전화를 주고받지도 못했지만 언제 어디서나 최진원답게 멋지게 잘 살고 있으리라 믿는다.

최진원은 졸업할 때 자기
가 만든 문집(진원글집)을
슬그머니 내 책상에 놓아
두었다.

이거. 뭐 시도 아닌 시라고 수필아닌 수필
들을 샘님께 보여드리는 것은 부끄럽습니다만
선생님이 저를 사랑하신 것에 비해
제가 너무 무명의 했고 일찍 깨닫지 못한탓
에 졸업을 알두고 이 엉터리 시집을 보내드
립니다.

　　부디. 건강하십시오

　　　　　　　제자. 최진원 드림

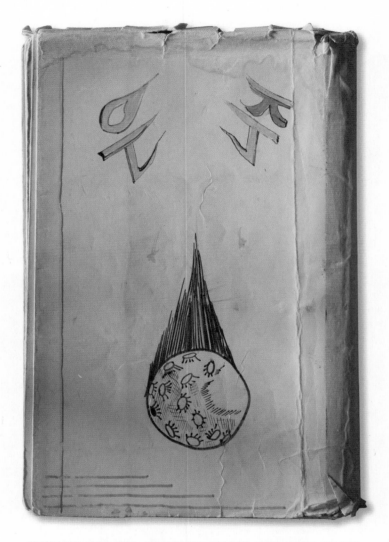

최진원이 만든 시화집 〈우주〉. 자신이 좋아하는 시 33편을 선정해 손글씨로 쓰고 그림
도 그려 넣어 정성껏 완성했다. 머리말에는 '시'가 아름답고 끝없는 미지의 세계인 '우
주'와 비슷해서 제목을 〈우주〉로 지었고, 시의 리듬을 타고 우주 여행을 하고 싶다고
적혀있었다.

조남숙 선생님께

안녕하십니까? 조남숙 선생님. 제자 최진원이란 놈입니다. 제자라고 스스로 부르기에도 부끄럽습니다. 학교 졸업한 이후에 단 한 번도 찾아뵙지 못했고 소식조차 물을 성의도 없던 놈이 이제야 제자라고 자칭하고 나서기가 너무나 송구합니다. 원래 염치가 없고 철없는 놈이라 이해해주시고 오랜만에 정말 오랜만에 선생님께 글로 인사를 드립니다.

지금은 뭘 하고 계시는지요? 건강은 어떠신지요? 지금도 그 부드러운 말투로 사람들에게 따뜻한 사랑의 말을 전하고 계시는지요? 아직도 워즈워스의 시를 읊는 아름다움이 뭔지를 사람들에게 가르치고 계시는지요? 좋은 책을 잡으시면 밤새워 그 책 속에 빠져 삶의 기쁨을 음미하고 계시는지요? 궁금합니다. 선생님.

이런 얘기를 하는 동안에도 파란 하늘을 보며 시를 읊고 계셨던 선생님의 표정이 눈에 선합니다. 한 손에 책을 잡으시고, 한쪽 팔로는 책 잡은 손을 받치시고 창밖을 바라보며 눈을 감고 글 속에, 그 글을 쓴 사람의 감정 속에 빠져 조용히 읊조리시던 그 말투가 그 목소리가 제 귀에 아련히 들려오는 듯합니다.

중학교 2학년 때였습니다. 선생님은 국어 과목 담당이셨습니다. 작은 체구에 안경을 쓰시고 어느 오래된 여대의 사감 선생님 같은 모습으로 저희에게 처음 다가오셨습니다. 국어책을 펼쳐서 교과 내용을 배울 요량이던 우리에게 책을 덮게 하시고는 문학이 뭔지, 시가 뭔지, 예술이 뭔지를 말씀하셨습니다. 그리고 시화집을 만들어오게 하시고 책을 읽고 독후감을 쓰게 하셨고 시를 써오라고 하셨습니다. 선생님이 내주신 엄청난 양의 숙제에 우리는 모두 선생님이 탐탁지 않았습니다. 모두 억지로 선생님께 숙제를 냈습니다. 누구는 건성으로 누구는 어디선가 베껴서 내기도 했습니다. 사실 저를 포함한 친구들은 그때까지 문학이 뭔지, 시가 뭔지 알 수 없는 나이였습니다. 기껏해야 만화책이나 읽고 탐정소설이나 읽는 아주 어린 나이의 친구들이었으니까요.

하지만 선생님은 우리를 조금씩 길들이셨습니다. 선생님이 좋아하시던 《어린왕자》 주인공처럼 우리를 길들이셨습니다. 봄날의 따뜻한 햇볕이 드는 날이면 김영랑의 '모란이 피기까지'를 읽어주셨습니다. 비가 오는 날 막연한 사춘기의 우울함을 겪던 우리에게 안톤 슈낙의 〈우리를 슬프게 하는 것들〉을 읽어주시며 슬픔 속에 서려 있는 아련한 쾌감을 발견하게 해주셨습니다. 이성에 대한 묘한 신비감에 빠져 있던 저희에게 피천득의 수필 속 일본 소녀를 소개해주시며 사랑이란 얼마나 소중하고 아름다운가를 가르쳐 주셨습니다. 저는 그렇게 선생님께 길들었습니다.

시화집을 만들기 위해 밤을 새우며 그림을 그리고 시를 베껴 써 내려가면서 저는 밤을 사랑하게 되었습니다. 밤의 달콤함에 푹 빠지는 법을 배워 갔습니다. 독후감을 써 내려가면서 내 안에 있던 내 가슴 깊

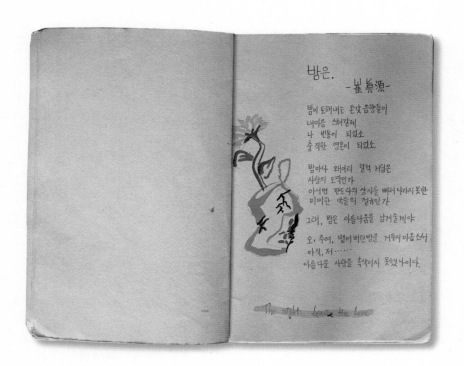

밤은.
-崔興源-

밤이 토해내는 온갖 음향들이
내마음 스쳐갈제
나 빈틈이 되었소
충직한 영혼이 되었소

밤마다 왜여리 덜덕 거림은
사랑의 도막인가
아니면 판도라의 상자를 빠져 나가지못한
미미한 악들의 절규인가

그래, 밤은 아름다움을 남겨줄게야
오, 주여, 벌어버린 밤을 거두지 마옵소서
아직, 저......
아름다운 사랑을 속삭이지 못했나이다.

The night leave the love

숙이 숨어 있던 설탕 같은 슬픔을 익혀가고 있었습니다. 자작시란 명목하에 쓰였던 작은 나의 시들 속에 내 청춘을, 내 사춘기를 조금씩 새겨가는 법을 배우고 있었습니다.

제가 이대부속 중학교를 졸업한 지 20년이 한참 넘어가고 있습니다. 하지만 지금도 금화터널을 지나기 위해 그 학교를 지날 때면 묘한 감정이 추억이란 제목의 영상으로 스치곤 합니다.

제가 짝사랑했던 한 여학생이 창문에 매달려 내 이름을 부르기도 합니다. 누군가에게 얻어맞아 눈이 퉁퉁 부은 채로 어린 시절의 제가 골대 옆을 지나기도 합니다. 초록색 매트가 깔린 유도장에서 거구의 유도 선생님이 제 발바닥을 때리기도 하고 작은 책상을 붙여놓고 지우개 따먹기를 했던 친구들이 내 지우개를 따먹고 낄낄대기도 합니다. 난로 위에 올려놓은 양은 도시락에서 나는 타는 냄새에 서둘러 도시락을 뒤바꿔놓던 한 뚱뚱한 친구도 있습니다. 빨간 벽돌 구석에 모여 성인잡지를 펼쳐내던 검은 얼굴의 여윈 친구 얼굴이 보이기도 합니다. 서무실에서 중학교 졸업 증명서를 달라고 왔다가 등록금을 내지 못해 증명서를 내주지 못해 안타까워하던 서무과 선생님 모습도, 취직을 하기 위해 졸업 증명서를 타러 왔다가 끝내 받지 못하고 돌아서던 체구가 자그마한 가난한 옛 친구의 뒷모습이 오랫동안 보이기도 합니다.

그 모든 추억의 영상들 속에 선생님께서 저를 일깨워주신 감성이라는 음악이 흐르고 있습니다. 그때는 정말 몰랐습니다. 선생님이 제게 주신 소중한 것들이 얼마나 제게 많은 것들이었는지, 선생님께서 심어주신 씨앗은 지금 제 마음속에 나무가 되었습니다. 비록 이파리가 싱싱하고 화려한 나무는 아니지만 나이테를 하나씩 안고 있는 제겐 하나밖에 없는 나의 나무입니다. 저는 지금 영화감독이란 직업을 갖고 있습니다.

선생님께서 가끔 수업시간에 졸업한 제자들에게서 온 편지를 저희에게 읽어주시곤 기뻐하셨습니다. 또 제자 중에 누군가 문단에 등단하시면 자기 일처럼 기뻐하시곤 했습니다. 하지만 죄송하게도 저는 그렇

제자 최진원이 감독한
영화 〈미스터 소크라테스〉 포스터.

게 선생님께 당당히 자기 작품을, 자기가 하는 일을 밝히고 싶을 만큼
좋은 작품도 만들지 못했고 스스로 만족하지 못한 작업을 하고 있습
니다.

　너무나 죄송합니다. 하지만 제가 가고 싶은 길을 가게 된 것. '이것
이 나의 길이다' 라는 확신을 갖게 된 것은 선생님이 제게 주신 작은 선
물 때문이었던 것 같습니다. 중학교를 졸업할 때까지, 그리고 세월이
지나 고등학교를 졸업할 때까지 전 그 선물이 무엇인지 몰랐습니다.

아마 포장도 풀어보지 못했던 것 같습니다.

하지만 어느 순간, 제가 영화라는 길을 택하는 순간, 선생님이 제게 주신 선물 포장을 풀어보았던 것 같습니다. 그리고 그 선물 상자 안에서 발견한 것은 '나'라는 아이였습니다. 중학교 2학년 때 선생님에게 국어를 배웠던 그 아이. 밤새 시를 쓰고, 시화집을 그리고, 책을 읽고 독후감을 써냈던 그 아이가 그 속에 있었습니다.

프랑스 문화원에서 프랑스 영화에, 감성에 빠져 헤어나지 못했던 20대의 청년도, 대학 불어불문학과에 입학해 술에 흠뻑 빠져 감상에 빠져있던 회색분자 대학생도, 한국의 타르코프스키가 되겠다고 카메라 렌즈를 바라보며 영화를 만들었던 그 영화학도 그놈도, 방송국에 들어가 작가입네 하면서 원고를 써내려갔던 그 삼류작가 녀석도, 남에게 평생 도움 안 되는 상업영화 만드는 멍청한 영화감독도 모두가 1980년대 초반 이대부속 중학교 교실에서 조남숙 선생님께 국어를 배우던 까까머리 중학생에서 시작되었습니다.

이제야 감사의 말씀 드립니다. 조남숙 선생님 고맙습니다.

저도 올해 마흔이 되었습니다. 결혼해서 아이도 하나 낳은 한 집안의 가장입니다. 저는 제 살아온 길에 후회는 하지 않습니다. 그러기에 저는 행복합니다. 비록 남들이 부러워하는 위치에 선 성공한 자도 아니요, 존경을 받는 인격자도 아니지만 제가 받은 만큼의 능력과 남에게 뒤지지 않는 노력으로 살아가고 있습니다. 그리고 제가 하고 싶은 길을 가고 있습니다.

　선생님께서 오래전에 제게 속삭이듯 가르쳐 주신 그 이정표의 길을 따라가고 있습니다. 지금도 가끔 길을 가다 잠시 서서 뒤돌아보면 저 멀리서 선생님께서 어서 가라고, 네가 가고 싶은 그 길을 가라고 손짓 하는 것이 보입니다.

　연세가 많이 되셨겠네요? 하지만 그 소녀 같은 심성, 들꽃 같은 감성은 여전하시겠지요? 믿고 있겠습니다. 기회가 되면 꼭 찾아뵙겠습니다.

2005년 5월 이대부속 중학교 25회 졸업생 최진원 드림

3

편지로 온 선물

안인희 선생님

이화여대 교육학과에 들어가서 받은 제일 큰 선물은 안인희 선생님을 만난 것이다. 그동안 내가 알고 있었던 선생님, 어른들과는 다른 유연하고 자연스럽고 친구 같은 친근감을 느낄 수 있는 분이었다.

학교에서 강의시간이나 그 후 만나 뵐 때마다 친구처럼 이야기를 나누며 틀에 박힌 삶에서 자유로울 수 있었다. 좋은 책을 소개받거나 좋은 영화를 함께 할 수 있었고, 지금의 나에게 예술의 향기를 가까이 할 수 있도록 길잡이가 되어주셨다.

내가 생각하고 하려는 일들에 늘 박수를 보내주시고 믿어주신 내 삶의 나침반이 되어 주신 고마운 선생님이다.

나이 70이 넘어 이렇게 편지를 주고 받는
사람이 남아 있다는 게 고마울 뿐이지요.

5 '89

남숙이에게

마침 책을 사러갈까 하다 집에로 보니 내가
좋아하는 이들기 책이 와 있어 얼마나 반가웠는지.
있어서는 이걸 이건거째주니 했어요.
미현이 合格 축하해요. 얼마나 멋 있게 살까
상상해봅니다. 멋쟁이 아버지 어머니 만나 미현이
늘 참 좋도 많을갖이니다.
나이 70이넘어 이렇게 편지 주고받는사람이
남아 있으니게 고마울 뿐이지요. 가끔 송구스럼기도
하고 ··· 잘있어요.   안인희

조남숙 선생!

〈글쓰기 · 독서교육과 인간형성〉 책 잘 받았어요. 5월 말에 서울에 돌아와 제일 먼저 반겨준 책을 보고 왠지 자꾸 눈물이 납니다. 반갑고 고맙고… 교육학과라는 별로 매력 없는 학과를 그만큼 가슴 뭉클하게 만든 책은 다시 없을 겁니다.

연령으로는 나의 후배가 되지만 남숙의 침착하고 충실한 내면적인 성숙에 다시 한 번 감복했어요. 아직 다 읽지 못했어요. 두고두고 읽어 보렵니다. 《데미안》의 싱클레어가 어떻게 어떤 과정으로 어른이 되어 늙어가는지 진솔하게 배우고 싶어요.

우리 아들이 "엄마의 장점은 늙어서도 뭘 배우려는 거"라고 했어요. 죽는 날까지 이 장점을 지키렵니다. 자신은 없지만요.

세월이 가도 잊지 않고 보내주는 정, 고마워요. 우선 몇 자 적어 보냅니다.

2005년 6월 안인희

추신: 지난번 가마 불 보러 갔을 때 남숙이 얼마나 일이 많은 사람인지, 얼마나 신역이 고달픈 사람인지 친정어머니가 보셨다면 마음이 아팠을 겁니다. 그런데 언제 시간이 생겨 이런 큰 책을 썼는지… 김 선생님께 전해주세요. 마나님 잘 얻으셨다고. 표지 날개에 나온 사진 참 예뻐요.

글쓰기·독서교육과 인간형성

40년 지도사례 및 결과

조 남 숙

내가 가르쳐온 글쓰기, 독서교
육, 40년 지도사례 및 결과를
정리한 책. 나는 아름다움을 보
고 듣고 느끼고 창조할 수 있는
정서, 인간성 회복, 자아실현,
협동심, 창의성 등 점수로 매길
수 없는 가치가 국어 교육의 진
정한 또 하나의 목표라고 생각
한다.

남숙 선생의 배려 덕분에
내 늙은 세월이 서럽지 않아요.
좋은 글 많이 보내줘요.

남숙 선생.   2014. 4. 22.

   봄 속의 김선생님의 축제을 받고
얼마나 행복했는지 몰라요. 누추한 내 사진
올려드리면서도 반갑기만 했으니까요.

   보내주신 수필집 두권 한 열흘걸려 내 손에
들어왔어요. 잘 읽고 있습니다.

   마음은 언제든 달려가지만 몸이 말을 안
들어 망설이고 있네다. 김선생님도 좀더
늙어면 꽃무을 이해하시겠지요.

   남숙선생의 배려 덕분에 내 늙은 세월이
서럽지 않아요. 좋은 글 많이 보내줘요.

   그날 가마 잔치에 참석하지 못해 아쉬웠요
                또 만나요.

                              안 인희
P.S 내가 좋아하는 화가 나희준 선생 그림이
에요. 나영준선생 동생인거 알죠?
한국화훈의 氣流画家 나혜석선생의 조카
안죽 외로운 사람 입네다.

김남희 선생님

　도자기를 매개로 알게된 김남희 선생님은 하버드 대학에서 한국문화역사를 강의하신 와그너 Robert Wagner 박사의 부인이다. 하버드 대학에서 한국어를 가르치셨고, 《만행·하버드에서 화계사까지》를 쓰신 현각 스님의 한국어 선생님이기도 하다.

　1996년 미국 앨라배마에서 남편 도자기 전시회가 열렸을 때 보스턴에 초대하셔서 댁에 머물게 해주셨고, 여기저기 손수 운전하며 우리를 안내해주셨다.

　도자기에도 관심이 많으셔서 요즘도 도자기를 빚고 계신 것으로 알고 있다.

김기철 선생님, 조남숙 선생님 안녕하십니까.

일찌감치 보내주신 크리스마스카드 반갑게 받았습니다. 그동안 너무 소식도 전해드리지 못하고 결례를 많이 하고 있었는데 잊지 않으시고 카드를 주시니 고맙기만 하고 죄송하지 않을 수 없습니다. 언젠가 보내주신 현각 스님의 책도 잘 받았으며 그 후에 본인한테서도 상하 두 권을 받아 재미있게 읽었습니다.

저는 그동안 치워도 치워도 끝이 없는 집안일, 와그너의 장서 정리, 그의 연구과제 치다꺼리 등에 마음이 동분서주해서 정신을 못 차리고 있었습니다. 사무실에서 옮겨온 책들이 이 방, 저 방, 지하실… 하다못해 차고에까지 널리어져 있어 처리 곤란… 밤에는 책에 억눌리는 꿈까지 꾸는 지경이었습니다. 이렇게 되면 책도 귀하고 아까운 생각이 없어지고 마루에 쌓아 올려놓은 책을 가끔 발로 차는 일도 있답니다. 어쨌든 그간 도서관에 연락하여 모두 기증하게 됐는데도 빨리 가지고 가지 않는군요.

도자기는 마음으로만 하고 아직 스튜디오에도 나가지 못한 채 있습니다. 너무나 그 상태로 시간이 지나서인지 이제는 물레를 돌리지 못하는 일도 그리 안타깝지 않으니 이것 좀 불안하기도 합니다.

그래도 그간 저희 영감님이 한국 교수님과 공동으로 하던 연구과제가 일부 출판될 단계에 이르러서 한숨 쉬고는 있습니다만… 아직도 남아있는 저작물의 번역과 출판 문제에 말썽이 있어서 골치 아픕니다.

아무리 생각해도 쉽게 금방 끝날 일은 아닌 것 같고 이제는 저도 슬슬 자기 생활 자리를 다시 찾아야겠다는 생각이 듭니다.

우선 연말이 지나면 작업실에 나가기 시작할까 하고 있습니다. 그리고 새해에는 한국에도 다니러 가고 싶고요. 물론 곤지암은 제일 먼저 찾아가 봬야지요. 따뜻했던 토방 아랫목 감촉이 지금도 제 몸에 느껴진답니다.

그렇지 않아도 저희 영감님 양로원이 콩코드에 있어서 일주일에 한 번씩 방문하느라 차를 몰고 갈 때마다 두 분이 열심히 문인 호손 또는 소로의 무덤을 찾으시던 일이 생각난답니다. 그때 문이 닫혀서 못 들어가셨던 올 콧 집 앞을 지나가면서 나도 한번 들어가서 구경해 봐야겠다는 생각을 몇 번이나 한답니다. 그리고 두 분이 다시 또 이곳을 안 찾아오시려나 하고 궁금해한답니다.

저희 집은 지금 저 혼자라 빈방도 둘이나 있고 하니 언제 한번 놀러 오시지 않으려는지요? 올해는 보스턴 날씨가 더욱 변덕을 부려 얼었다 녹았다 사람을 정신없이 만듭니다. 요 이삼일은 눈도 오고 또 기온이 내려 저희 집 진입로가 얼음판이 되어 거울같이 반질반질, 스케이트장 같았습니다. 또 그러냐 하면 시속 50, 60마일이나 되는 바람이 밤새 불어 길에 세웠던 차가 뒤집혀지기도 했답니다. 저희 집 마당의 큰 소나무 가지도 큰 것이 몇 가지 부러지기도 했지요.

요즘은 크리스마스를 앞두고 사람들은 분주하게 왔다 갔다 하는데 저는 소위 말하는 홀리데이 블루스(휴가 우울증)에 걸렸는지 별로 신이 나지 않습니다. 그래도 모레는 큰딸네 집 워싱턴 D.C.로 가서 외손자들과 다른 식구들하고 크리스마스를 지내기로 했습니다.

이 편지는 크리스마스를 훨씬 넘어서 들어가리라 생각합니다만 크리스마스 인사도 겸해, 새해 인사를 올리고자 합니다. 두 분의 건강과 행복을 빕니다.

혹시 법정 스님이 들르시는 일이 있으면 안부 말씀 전해주시기 바랍니다. 기억 하시려는지 모르겠습니다.

2000. 12. 23. 김남희

유봉호 선생님

　내가 이대부속 중고등학교 교사로 있을 때 교감 선생님으로 계셨다. 인품이 훌륭하셔서 학생이나 선생님들에게 늘 칭찬과 격려를 해주셔서 학교에서 선생님들 간에 좋은 관계를 맺을 수 있게 해주셨다.

　후에 이화여대 사범대학 교육학과 교수로 대학에서 보직도 많이 맡으시며 좋은 제자들을 많이 길러 내셨다. 지금도 만나면 늘 덕담을 해주셔서 고맙고 송구스럽다.

존경하는 조남숙 선생님

제가 이대부속 중고교에서 같이 일하면서 항상 느낀 것은 모든 선생님이 훌륭하시다는 거였습니다. 특히, 교육자로서 뛰어난 모범교사를 제 마음속에 꼽고 늘 존경해왔습니다. 지금 한국의 독서 지도자로서 선구자가 되신 조남숙 선생님과 종교학자의 대가가 되신 정진홍 교수님이십니다.

그런데 과연 조 선생님의 재직 중 독서교육의 효과는 이번에 출간하신 〈글쓰기 · 독서교육과 인간형성〉에서 확인하였습니다. 교육의 효과는 바로 나타나는 것이 아니라 학생 개개인의 일생을 통하여 나타나고, 그 영향은 곧 사회개혁에도 미친다고 생각합니다. 선생님께서 열성적으로 지도하셨던 제자들이 지금은 사회의 큰 동량으로 활동하는 것을 보고 더욱 느끼게 됩니다.

선생님이 보내주신 이 책, 두루 읽고 선생님의 교육관 그리고 그에 쏟은 정열과 노력에 대하여 깊은 존경을 보냅니다. 나도 그동안 장기간 와병 중이다가 이제 차츰 회복되어 가고 있습니다. 머지않은 훗날 직접 뵙고 다시 존경과 감사를 드리겠습니다.

2005. 7. 21. 유봉호 드림

박완서 선생님

우리 집 가마 불 때는 날이나 행사가 있을 때 참석해주셨고, 또 때때로 만나 뵙거나 오셨다. 새로 책을 내실 때마다 사인을 해서 보내주셨고, 80회 생신에 선생님 가족이 모이는 자리에 우리 내외를 초대해주셨다. 그때 뵌 건강한 모습이 마지막이었다. 그 후 바로 건강 검진 후 입원하셨다. 우리 집 된장, 고추장을 좋아하셔서 부쳐 드렸는데, 그때 받으신 후 다시 뵙지 못하게 되었다.

선생님의 마지막 산문집 《세상에 예쁜 것》 중 '깊은 산속 옹달샘'(이 글은 박완서 작가가 마지막으로 쓴 글이다)에 법정 스님, 박완서 선생님이 우리 가마에 오셔서 2층 방에서 함께 하시던 이야기가 우리 집 이야기와 함께 실려 있다.

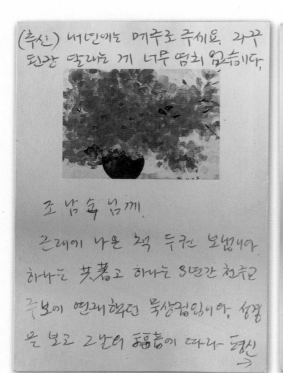

근래에 나온 책 두 권 보냅니다. 하나는 공저이고
하나는 3년간 천주교 주보에 연재했던 묵상집입니
다. 성경을 보고 그날의 복음에 따라 평신도로서의
생각을 자유롭게 쓴 거여서 엄격한 교리하고는 맞
지 않는 부분도 많습니다. 그게 도리어 통할 것 같
아 보내드립니다.

이해인 수녀님

　이해인 수녀님은 모습처럼 해맑으셔서 편지를 쓰셔도 아이들처럼 예쁜 스티커도 붙이시고 색연필로 예쁜 그림도 그리신다. 글씨까지 아이들 글씨처럼 꼬불꼬불 재미있다.

　우리 집 가마에 오시면 유치원 아이들처럼 춤도 예쁘게 잘 추시고 노래도 잘하셔서서 우리도 같이 따라 부르기도 했다. 이야기도 재미있고 맛깔스럽게 잘하셔서 넋을 잃고 듣게 된다. 그렇게 아이처럼 때 묻지 않은 영혼을 지니고 계셔서 아름다운 시를 많이 쓰시는가보다.

　우리 손녀가 두 돌 즈음에 우리 곁을 떠났을 때 큰 위로를 해주셨다. 시처럼 맑고 아름다운 수녀님이다.

139

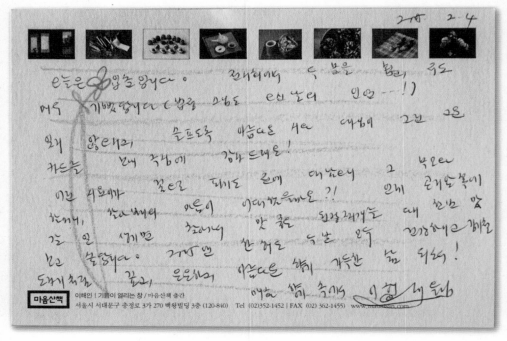

오늘은 입춘입니다.

전시회에서 두 분을 뵙고, 저도 매우 기뻤답니다. (법정 스님도 오신 날
의 인연…!)

잊지 않으시고, 슬프도록 아름다운 시와 따님이 그린 그림 카드를
보내주심에 감사드려요! 어린 시원이가 꽃으로 되기도 전에 떠났으니
그 부모와 할머니, 할아버지의 마음이 어떠했을까요?

언제 곤지암 쪽에 갈 일 생기면 찾아가서 맛 좋은 된장찌개를 다시
한 번 맛보고 싶답니다.

2005년 한 해도 두 분 모두 건강하시고 김기철 도자기처럼 깊고,
은은하고, 아름다운 향기 가득한 삶 되소서!

2005. 2. 4.
매화 향기 속에서 이해인 수녀 올림

익어 가는 가을

놀이 친 자리마다
열매가 익어가네

시간이 흐를수록
우리도 익어가네

익어가는 날들은
행복하여라

앞이 펼쳐 있는
고르는 길

가을엔 너도 나도
익어서 사랑이 되네

2016 10 이하얼

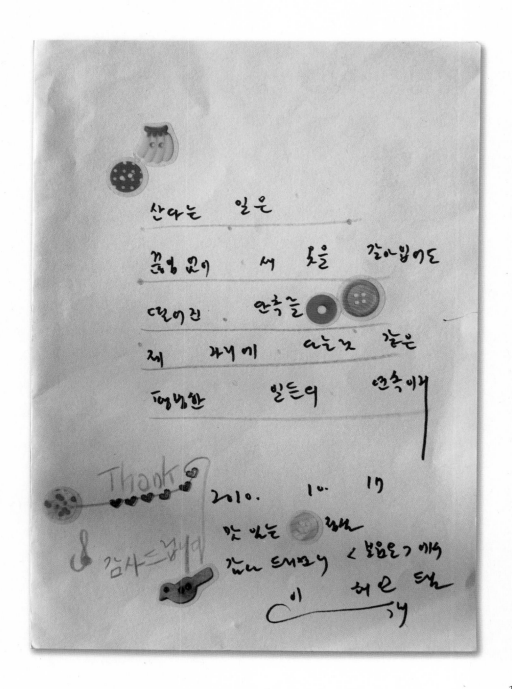

산다는 일은

끊임없이 새 옷을 갈아입어도

닳아진 단추를

제 때에 다는것 같은

평범한 일들의 연속에

Thank.

감사드려요

2010. 10. 17

맛 있는 빵과

감사 드리며 <보임이 가>

이 혜 은 드림

김창진 선생님

이대부속중고등학교 시절 같은 국어과 선생님으로 이종숙 선생님과 함께 우리는 서로 죽이 잘 맞았다. 삶의 멋을 알고, 예술을 알고, 누릴 줄 아는 멋쟁이 선생님이시다.

이대부속에 계실 때 이대 정문 오른쪽 2층에 '빠리 다방'이 있었다. 선생님이 인수하고 시화전 같은 젊은이들의 전시회도 열었고(당시 이대부속고등학교 R.C 회원들도 시화전에 참가) 때론 간단한 연극도 하였다. 클래식 음악이 좋았고 선생님 댁에 있던 레코드판이 다방에서 트느라 모두 망가졌다는 소리도 전해 들은 것 같다. 당시 박목월 선생님 아들인 박동규 선생님(후에 서울대학교 국문과 교수가 됨)과 '빠리 다방'을 자주 드나들던 일화도 재미있었다.

성심여자대학에서 정년퇴임을 하신 후 〈초우재草友齋 통신〉이란 제목으로 일상 이야기를 수필 또는 시 형식으로 쓰셔서 친구들에게 나누어주시며 봉원동 숲 속에서 유유자적하시며 생활하시는 모습이 옛 선비처럼 맑고 향기로우시다.

내게도 가끔 근황을 초우재에 실어 보내주셔서 고맙게 받아 읽고 답장 한 번 제대로 보내드리지 못해 송구스럽게 생각한다. 선생님 같은 삶의 향기가 널리 퍼져 나가길 기원한다.

초우재草友齋 통신

요새 초우재에는 동산動産이 하나 늘었습니다. 헌 중고 자전거 한 대입니다. 거의 다 벗겨져 가는 빨간 빛의 도장塗裝입니다. 그런데도 모습이 얼핏 보아서는 그리 낡아 보이지는 않습니다. 키가 큰 데다가 뼈대와 바퀴가 가늘어서 제법 모던한 모양새입니다.

과천에 내 외종형이 한 분 있습니다. 이 분이 용인 어느 시골에 살 때에는 집 뒤 텃밭 가장자리에 옥수수며 호박 모종을 심어놓고, 새벽에 잠이 안 와서 매양 이것들을 보살피면서 훤히 트는 아침 햇빛을 맞는다더니 요새는 어두컴컴한 새벽에 서울대공원에 가서 몰고온 자전거를 한참 타다 보면 동이 트기 시작한다는 것입니다. 그러니까 형은 자전거 바퀴를 돌리면서 자기의 하루를 애써 엽니다.

그런데 이 형이 하루는 아침 일찍 저에게 전화를 하기를 자전거를 하나 주겠다면서 쓸만하니까 네가 가지고 가서 타라는 것입니다. 알다시피 초우재는 산 중턱에 있어서 자전거를 타기에는 경사가 심해서, 이런 산길에서도 경기용 사이클을 몰고 다니는 젊은이를 보면 부러워는 했으나 자전거가 있었으면 하고 그걸 부러워한 일은 없었지요.

그런데도 나는 이 형의 이 분부를 쉽게 거역하지는 않았습니다. 형의 그 갸륵한(?) 마음 씀을 거절할 넉살이 없었고, 조금은 이제는 아주 잊어버린 내 자전거 시절에 대한 향수 같은 게 내 마음 밑바닥에서 그때 비집고 올라오고 있었던 모양입니다.

내가 그 자전거를 처음 본 순간에는 그것이 초라하다는 생각도 들었고, 그런데도 쓸만하겠다는 애착도 들었습니다. 그래서 자전거포에서 브레이크 등의 허술한 데를 고쳐서 내 차 뒤 트렁크에 어중간하게나마 억지로 싣고서는 밤중에 초우재 뜰에 들어왔습니다.

남숙 선생님, 그런데 말입니다. 아침에 일어나자마자 창을 통해서 그것이 내 눈에 들어왔는데 밤의 어둠을 지새고 아침 햇살에 은輪으로 내 눈에 다가서는 그것이, 아니 그것으로 해서 초우재가 그리 평화롭게 보일 수 없었습니다. 그리 여유 있게 느껴질 수 없었습니다.

나는 자전거가, 외종형의 마음 씀이 고마워서 마지못해 이를 초우재에 데리고 온 중고품이 이런 상황을 연출할 것이라고는 전혀 상상하지 않았습니다.

이후 자주 이 자전거에 내 마음이 머뭅니다. 그리고 우거寓

록 초우재에 가득한 평화와 여유를 만끽합니다.

　마당을 비추는 외등을 밤내내 켜 놓습니다. 그리고는 요새는, 그것이 왜 그런 연출을 할 수 있는지 자꾸 생각해보려 합니다. 그것이 서 있는 곳이 흙마당 위라는 것과 어떤 연관이 있는지요. 또 그 배경이 비록 손바닥만 하지만 열무밭이어서 연둣빛 색감이 주는 시골스런 분위기와의 관련에서 인지요.

　자동차와 자전거는 둘 다 차이지만 한쪽은 수레 거로 읽는 이름의 다름에서도 차 쪽은 내 의지를 뒷받침하는 밧데리라든지 휘발유 등의 매체를 통해서만이 움직일 수 있으나 거 쪽은 바로 내 몸이 갖는 움직임에 오로지 연유해서만 가고서는, 그러니까 내 감각이 그것에 닿는 직접성과 그것이 갖는 복잡하지 않은 기계구조의 너무 뻔한 단순성 등이 사람의 세계와 쉽게 닿는다는 어떤 혈연성의 동질감을 주어서 그런가요. 오늘날 자동차 문화가 주는 우리들 몸이나 마음에 던지는 폭력성이나 경제적 압박 같은 게 전혀 없습니다.

　중학교 다니는 나이 때 자전거를 몰고 다녔던 신작로나 풀섶 사이 좁은 흙길의 배수로를 생각합니다. 이슬들이 바퀴를 간지럽게 적십니다. 잠자리가 날면서 핸들 위에 앉아서 저와 동행합니다. 아침마다 한 시간 넘어 자전거를 타고는 산 밑 기차역에 이르는 긴 낙동강 뚝길의 자전거 전용의, 통학길의

편지로 온 선물

147

행로行路를 생각합니다. 그리 좋아하던 매형이 새 자전거를 타고 누나가 있는 저의 집을 찾던 유년시절의 그 반가운 날을 기억합니다.

때론 집에 어른이 앓아누워서 십리 밖의 양의洋醫가 까만 진료 가방을 달고 마당에 들어오는 자전거가 떠오르기도 하지만, 대개는 반가운 분들의 왕래라는 징표로 나에게는 떠오릅니다.

멀리서 큰댁의 형이 와 있습니다. 내가 학교에서 책보를 들쳐 메고 집마당에 들어서면 그 낡은 자전거는 누가 우리집에 와 있다는 것을 대번에 말해 줍니다. 십리 윗길의 사촌 매형이거나 십리 아랫길의 이종형의 것도 눈에 익은 자전거입니다. 나는 그 자전거의 핸들에 붙어 있는 요령을 한 번 울리고는 대청마루에 오릅니다.

이런 어린날의 기억들 때문일까요. 외사촌이 요새 사람들이 얼핏하면 버리는 중고품의 자전거를 하나 주워와서, 그것을 나에게 주어 산자락의 내 초우재 앞뜰에 세워 놓았더니 이렇게 내 마음이 편해지는 것은.

南淑 선생님,

내일쯤에는 저걸 대문 밖으로 몰고 나가서 호젓한 산길을 찾아서 한 번 타보렵니다. 우수수 떨어지는 이팝나무 낙엽들을 저것의 은륜銀輪이 감촉할 것입니다. 그리고 내 반백의 머리카락들은 나뭇가지들의 나신裸身을 스치겠지요. 별 얘기 아닌 것을 갖고 길게 늘어놓았습니다.

10월이 저물고 있습니다. 초우재에도 가을이 와 있습니다. 너무 짙어서 답답하기까지 했던 수목들의 무성한 잎새들도 이제는 성기어져서 내 생각이 나무와 나무 사이를 갈 수 있게 되어 갑니다.

며칠 전에는 초우재 뒤에 있는 은행나무를 털었습니다. 초우재 주인은 은행알의 산탄散彈을 맞으면서도 그것을 줍는 욕심에 정신이 없었습니다. 농사 짓는 이의, 돈으로 따질 수 없는 행복을 생각하면서요.

남숙 선생님, 보원요 근원近苑은 요새 가경佳景이지요. 지헌 선생님과 함께 좋은 가을 되십시오.

戊寅 晩秋 草友齋 主人

이종숙 선생님

이대부중고 동료 교사. 왼쪽부터 이종숙 선생, 나, 임운경 선생.

이종숙 선생은 나에게 가장 많은 편지를 보내준 친구다. 이대부중
고에서 국어 교사로 만나 50년 이상 친구로 지내고 있다. 나중에 이화
여대 국문과 교수로 재직하다 미국에서 공부하는 남편을 따라가 미국
에서 30년 이상 살고 있다. 먼 곳에 오랫동안 떨어져 있어도 늘 편지

를 하니까 옆에 있는 것처럼 가깝게 느껴진다.

글씨가 보기 좋은 달필인 데다 한문 글씨도 능숙하고 붓글씨도 잘 써서 부채에 써 준 붓글씨는 볼 때마다 기분이 좋다. 또한, 퀼트를 잘 해서 전시회도 몇 번 하고 상도 받곤 했다. 첫 번째 퀼트 전시회를 1991년도에 우리 가마(보원요) 2층에서 했는데 그때 전시한 친구의 퀼트 한 점이 지금도 그 자리에 걸려 있다.

전공을 살려 프린스턴에서 한인 학교 교장을 하며 한국어를 바르게 2세들에게 가르치고 우리 문화 예술 다방면에 걸친 한국적인 분야에 대한 깨우침을 위해 '한겨레 문화'라는 단체를 만들어 그곳 교민들에게 한국의 얼을 심어주고 있다.

프린스턴 대학 도서관 사서로 있으면서 그곳을 찾는 한국 학자들의 학문적 자료를 찾아 도움을 주기도 하고, 초기 대통령으로 프린스턴 대학에서 학위를 받은 이승만 대통령 관련 자료를 찾아 그분을 조명하고 기술하는데 큰 공을 세웠다.

몇 년 전 편지를 엮어볼까 하는 생각을 내비쳤을 때 친구가 자기 것은 빼 달라기에 몇 년을 기다렸다가 내게 온 편지를 수필 잡지에 실었더니 보고도 아무 말이 없기에 이제 괜찮을 것 같아 여기에 싣는다.

내 친구이지만 재주도 많고 정신도 바르고 삶도 너무 훌륭해서 나만 알기엔 매우 아까운 친구라 이웃에게 알리고 싶어 실었으니 이해해 주기 바란다.

친구 남숙에게

새집 짓고 단장하느라 바쁜 게로구나. 아니지. 집들이에 분주할지도 모르겠구나.

오늘 내 방 정리를 했다. 그리고 네가 내게 보낸 편지들을 한데 모아 큰 봉투에 넣어 꼭 싸 놓았다. 사방으로 늘어놓고 옛날 편지들을 다시 들고 앉아 되 읽으면서 난 그런 생각을 했다. 생각이 깊고, 마음이 맑고, 손이 따습고, 글이 예쁘다고. 여러 사람과 함께 나눠 읽어도 좋을 거라는 생각에, 또 네가 학교를 그만두면서 싸들고 나왔다는 생자료들 속에 끼워 넣어 함께 분류해도 좋을 듯해서 내가 서울 갈 때 가져가려고 해.

넌 확실히 내게 따뜻한 봄볕이었고 바람이었고 땅 밑 촉촉한 물기였어. 그러나 워낙에 팍팍한 토양은 길가 아무 데서나 꽃을 피우는 나생이(냉이의 우리 고향 말) 꽃이나 꽃다지꽃 하나 피워볼 수 없었던 척박한 땅이었어. 난 그런 사람이었어. 가만히 눈가가 젖어와. 이건 나 스스로에 대한 자괴심 때문이 아니라 온 정성을 다한 볕과 바람과 물기를 난 너무 잘 알고 있기 때문이야.

나 조금 아파. 프린스턴 메디컬 센터에서 나와서 데보라로 가려고 지금 기다리고 있어. 심장 통증이 심한 건 아니야. 괜찮을 거야. 한국 방송 미니시리즈라는 걸 보면서 한글 퀼트를 하고 있었어. 그러다 밤에 응급실로 갔지.

남현아, 정말 반가웠어. 네 편지 받고 읽으면서 요사이
너의 Quilter project들이 너무 많아서 그냥
바쁘게 즐겁게 위 가슴까지 어쩌구저쩌구 지낼양이지
보였다.

얼마 前에 New York 갔었었어. 日本協會에서
열리는 '美国 Quilt의 影響을 받은 日本 Quilt
라는 TItle로 3名작가들이 展示되었었어. 다양성이랑
분위기랑 네작품이랑 너무 좋았어. 그런데 맨 끝에
죽 돌아오면서 '그러는 수 없다고 떠나서 한눈에
실명감성생 쓰임이 떠올라 가슴이 뚝해서 울지 못었어.
너랑 創作을 따로도 않은 내머리를 어디에 헤매이던
느끼었지요 생각하면서. 이건 9月쯤 가을에
New England Quilt Museum 에서 두달 展示되
었었는데 앵콜展으로 New York에서 다시 열린거야.
네가 곁에 있다면 같이 갔었을텐데.

그리고 5月1日부터 5月4日 열리는 Great American
Quilt Festival 에 가족 데리고 올 생각이야.
American Folk Art Museum에서 열리는데 그리
크진 않았어. Museum의 을림이라고 조금 써줘
었어.

하고 싶고 보고 싶은거 많은 사람한테 가슴이
어쩌구 정말로 지낼이냐 그치?

그래, 準備中인 Quilt展을 맞으며
많은 展示들 하기바란다. 해보렴.
한여름밤날씨에도 몸조 드려줘. 安寧.

숙현

남숙아. 정말 시간이 날아가고 있어. 구상해 놓은 퀼트 프로젝트가 너무 많아서 바빠 죽겠는데 왜 가슴팍이 아프고 지랄인지 모르겠다.

얼마전에 뉴욕에 갔다 왔어. 일본협회에서 열리는 '미국 퀼트의 영향을 받은 일본 퀼트'라는 타이틀로 34개 작품이 전시되었더라. 장소랑 분위기랑 작품이랑 너무 좋았어. 그런데 난 기가 죽어 돌아오면서 머리는 두었다 파마나 하느냐던 신영균 선생 말이 떠올라 기차 속에서 혼자 울었어. 파마도 않는 내 머리는 어디에 소용되는 것일까, 라고 생각하면서. 이건 작년 가을에 뉴잉글랜드 퀼트 뮤지엄에서 두 달 전시되었었는데 앙코르 전으로 뉴욕에서 다시 열린 거야. 네가 곁에 있다면 같이 갔을 텐데….

5월 1일부터 5일간 열리는 '그레이트 아메리칸 퀼트 페스티벌'에 하루 다녀올 생각이야. '아메리칸 포크 아트 뮤지엄'에서 열리는데 미리 티켓을 사놓았어. 뮤지엄 회원이라고 조금 싸게 주었어.

하고 싶고, 보고 싶은 것 많은 사람한테 가슴이 아프다는 건 정말로 지랄이다. 그렇지? 그래, 준비 중인 퀼트 전을 멋있게 보원 전시실에서 해보자구나. 해보자.

지헌 선생님께도 안부 드려줘. 안녕.

1991.4.18. 종숙

우리 가마 전시실(보원요) 2층에 걸려 있는 이종숙 선생의 퀼트 작품. 79×97cm, 1990.

남편은 친구 이종숙 선생이 한국에서
퀼트전을 개최했을 때 많은 도움을 주었다.
왼쪽부터 남편 김기철(지헌 知軒), 친구 이종숙, 나.

곤지암 보원 도자기 가마 2층 전시실
(보원 전시관)에서 개최한 이종숙 퀼트전.
1991. 10. 27~11. 2

남숙이.

〈자율교육〉창간호 잘 받았어. '일본의 열린 교육을 참관하고' 는 아주 좋았고. 우선 펼치면서 깔끔하다는 인상 때문에, '흙탕물을 맑히려는 물줄기' 의 졸졸거리는 물소리가 내 귓바퀴에서 맴도는 것 같았어. 형식도 내용도 군더더기 없는 난초 이파리 같아서 보고서라는 핵심이 명료하게 드러나더구나. 넓혀진 안목으로, 또 밝혀보려고 애쓰는 마음으로 쓴 글이라서 참 마음에 와 닿는 게 많았다. 우선 한국의 교육 현실과 한참 자라나는 학생들과 연계시키면서 이내 가슴이 답답해 오는 걸 어쩔 수 없더구나.

The Artist's Garden at Vétheuil, 1880
Claude Monet
oil on canvas / Ailsa Mellon Bruce Collection
National Gallery of Art, Washington (1970.17.45)

　　바로 어제 뉴욕 매디슨 애브뉴 49가 24층에서 젊은 세 분의 교장님과 총영사관이 배석한 자리에서 지사원 자녀들과 한국의 교육 현실에 관해 이야기를 나누면서 암담해 했는데, 부모들이 귀국할 때 따라 들어간 지사원 자녀들의 한국에서의 적응하는 문제가 교과과정뿐만이 아니라 학교생활에서도 굉장히 힘들다는 거야. 그걸 누가 모르나? 그래서 그 지사원 자녀들을 위한 학교를 뉴욕 근처에 세우는데 교감을 맡아 보겠느냐는 조심스러운 질문이었는데 생각해보겠다고 하고 왔어.

　　학교 사무, 즉 교내를 맡아 주관하는데 필요한 직원 또 교무도 놔주

편지로 온 선물

157

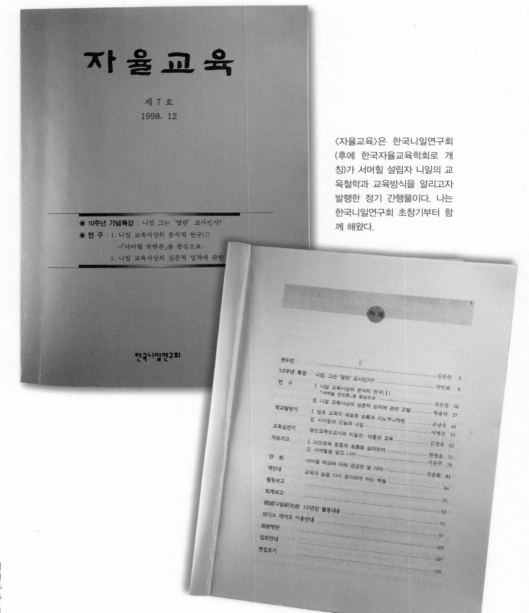

자율교육

제 7 호
1998. 12

● **10주년 기념특강** : 니일 그는 '열린' 교사인가?
● **연 구** : 1. 니일 교육사상의 분석적 연구(I)
　　　　　　 ─「서머힐 찬반론」을 중심으로─
　　　　　 2. 니일 교육사상의 실존적 성격에 관한

한국니일연구회

〈자율교육〉은 한국니일연구회 (후에 한국자율교육학회로 개칭)가 서머힐 설립자 니일의 교육철학과 교육방식을 알리고자 발행한 정기 간행물이다. 나는 한국니일연구회 초창기부터 함께 해왔다.

이대부중 선생님

겠다며 사탕을 바르는데… 왜 그런지 나도 도도해지고 싶더라고. 내 가난한 가계에 보탬이 되기 위해서라도 예스라고 했어야 옳았는데, 그렇게 나가지지를 않더라고. 더 고자세로 버티고 서 있겠다는 반항심 같은 건지, 나도 모르겠어. 그분들이 상당히 겸손하게 굴고 예를 차리는 것 같았는데도.

아무튼, 여기서 길든 아이들이 한국으로 돌아가 그 틀 속으로 끼어들어가 맞춰지기란 참 어려울 거야. 이 아이들을 위해서라도 니일Neill 교육사상이 한국 현실에 맞게 접목될 수 있기를 바라는 마음 간절하다. 더구나 이대 교육과를 중심으로 한 이 연구 활동이 잘 성장해 흙탕물을 맑히는 물줄기 구실을 해서 작은 물줄기도 탁류를 맑히더라는 신념을 지닐 수 있게 되었으면 싶어.

남숙이. 난 항상 네 편지를 읽으면서 배우는 게 너무 많아서 얼마나 고마운지 몰라. 좋은 글 많이 쓰도록 해. 지헌 선생님께도 안부 드려 줘. 따로 한 번 편지 드리려고 해. 늘 두 내외분께 고마워하면서 살고 있어. 두서없이 이만 안녕.

1992.8.6. 종숙

추신: 〈자율교육〉은 이곳에 사는 이화여대 교육학과 출신 주일숙 씨 보라고 빌려줬어.

남숙 선생.

편지 받고도 회신이 늦었어. 11월 15일에 뉴욕 한국어교사연구회에서 세 시간 문법 강의했고, 참 백명희 선생 여동생이 와 앉아 있어서 인사했어. 곤지암에 머물렀던 얘기도 하면서 네게 고마워하더라.

또 엊그제는 애틀랜타의 NAKS 이사회에 갔었어. 밤에 호텔에서 회의하고는 그 다음 날 아침에 비행장에서 그냥 돌아왔어. 좀 피곤했어. 세 시간 문법이라지만 〈초록〉 만드는데 밤잠을 설쳐서였겠지… 학교에서 캐비닛 문을 열다가 가슴이 아파지기 시작했어. 마침 역사 선생 닥터 방이 와 있어서 나중에 괜찮았어. 결국, 날을 잡아 심장 센터에 가서 검진도 받고 그랬어. 그러면서 사는 거 아니겠니? 명희 가는 것 보면서 네가 어땠을까 싶어. 널 위로하는 편지를 쓴다면서 이렇게 됐어. 늘 마음뿐이야.

김 선생님 안녕하시지? 가을걷이 하시고는 느긋하게 시루떡이나 밤이나 즐기고 계실 것 생각하면 이 세상에서 가장 행복하신 분이 지헌 선생님 아닌가 싶어. 곤지암의 찰시루떡 한 쪽 먹어보는 소원을 풀기 위해서라도 나는 오래 살아야 해. 그 환하게 웃으시는 웃음소리 속에서 가을밤의 정담을 나누는 고향 집 같은 안온함. 그게 그리워. 가지고 싶은 게 있다면 그런 것들이지. 우리 나이에 욕심처럼 향유하고 싶은 건 이런 푸근함이야.

나라가 어수선하고 저리 야단인데 우리가 할 수 있는 일이 무엇일까를 생각해봤어. 그런데 가진 것이 있든 없든 근검해야 할 것 같아. 지헌 선생 사시는 모습을 내가 늘 좋아하는 건 몸에 배신 알뜰함 때문이야. 배울 게 있지 않아. 자녀들이 그런 아버지, 어머니를 보고 자라날 수 있는 자연스러운 생활 환경이 교육장인데, 흥청거리는 것만 보고 먹다 버리는 햄버거 조각이 아무렇지도 않게 된 가정, 사회가 문제인 것 아니겠지?

넌 학부모에게 문학 얘기만 하더라 만은 이런 근검 정신의 결여에 대해 얼마든지 큰소리칠 수 있을 텐데 말이다. 큰소리치는 의미는 네가 떳떳하다는 얘기야. 그럼 문학 얘기 뒤에 살짝 이런 철학의 빈곤에 대해 덧붙임으로써 귀 있는 사람은 알아들을 것이 아닐까? 넌 얘기를 잘하고 또 신뢰감이 가는 맑음, 따뜻함, 또 아늑함이 가슴 밑바닥에 고여 있는 것을 누구나 알고 있어. 그렇게 해서라도 한 사람씩 깨우치지 않는 한, 이 나라 사람들 어디로 굴러떨어질지 모르겠더라고.

남숙아. 김태길 선생님 수필 《정열-고독-문명》을 읽었어. 또 여류에세이 69인집이라는 이대동창문인회 《얇게 띄엄띄엄 살고 싶다》를 읽고 있어. 금희 선생이 보내줬어. 그리고 나 카드 사러 시장에 안 나가기로 했어. 근검!

새해에 지헌 선생님 내외분의 건안을 빌며.

1997. 12. 13. 종숙

남숙이.

뜰 안에는 도토리가 굴러다니고 낙엽이 날리는 계절을 맺도록 편지한 장 못했어. 이 무렵 어딘가에 네 나이 한 살을 더하는 마루턱이 있다는 걸 아는데…

나 힘겹게 살아. 그러면서 이런 짓 하면서 살고 있어. 지금 막 한글날 기념 문화강연 순서에 있는 인사 말씀 원고를 끝냈어. 대략 15분 걸릴 거 같아. 지난 5월 초에 '제2세 교육과 한국인의 주체성'이라는 제1회 문화강좌가 성공했던 이유를 '이제 교포들이 뭔가에 목말라 있다'는 거로 해석하고는 그 갈증의 해소로 제2회 문화강좌를 준비했다고 쓰고, 왜 이 모임이 시작되었고 또 계속되고 있는가에 대해서 말했어.

1. 우리가 사는 이 프린스턴 문화원에 걸맞은 교양 있는 문화인으로 살고 싶기 때문에.

지성과 자연과 문화가 어우러진 미국 내에서도 몇 안 되는 훌륭한 입지조건을 갖추어 가진 이 프린스턴 지역에서 한국인으로 문화인 행세를 하며 살아간다는 것은 내 고유 문화에 대한 이해 없이 그것으로부터 출발하지 않고는 어렵다는 걸 얘기했고.

2. 이제 우리의 고향을 이 땅에 만들어 우리 2세들에게 넘겨줘야만 하리라는 것 - 즉, 이 땅의 주인이 우리라는 확

고한 의식에서 살아야 한다고. 도연명의 귀거래사歸去來辭
서두에 나오는 '돌아가야지, 돌아가야지' 구절이나 '귀소본
능' 이니 '수구초심首丘初心' 이니 '금의환향錦衣還鄕' 이라는
단어들을 내던져 버려야 할 거라고. 이 땅에 고향을 만들어
줘서 고달픈 몸이나 우울한 마음을 기댈 수 있도록 해줘야
한다고. 공간적 고향도 필요하지만 무의식 저변에 흐르고
있는 한인으로서의 맥과 이어지는 정신적인 고향의 포근한
품을 안겨주기 위해서는 곳곳에 한민족의 고유문화를 이
땅에 심어줌으로써 곧 고향조성작업의 일환이 될 거라고…
내가 이 고달픈 미국살이에서 이나마 나로 지탱할 수 있었
던 건 다행히도 내가 그리워할 아름다운 고향을 가졌기 때
문일 거라고… 뒷동산에 올라 동무들과 어울려 바라보던
눈부시게 파랗던 가을 하늘, 이광수의 《무정》과 《마의태자》
에 빠져들던 별빛 뿌리던 가을밤들, 추수가 끝날 무렵이면
울타리로 넘어오고 넘어가던 고사 떡 쟁반에 묻어오던 이
웃들의 따끈한 정情… 이것들 때문이었다고. 그리고 얼마
전 모 교회 주최의 한가위 잔치에 갔던 얘기를 늘어놓으면
서 그 기독교 까는 것을 좀 얌전히 했지.

　… 사실 솔직히 말해 나는 한국 기독교가 제가 자라온 정
신적 종교적 전통을 거부하고, 서양 옷만을 걸치고는 세계

종교로 꽃 피울 수 있다고 하는 데에 입을 삐죽거리는 사람 중 하나다. 그건 한국인임을 포기하고 세계인이 될 수 없기 때문이다. 그런데 이번 한가위 잔치를 벌인 이 교회 선교회가 또렷한 내 얼굴, 내 옷을 입겠다고 애쓰는 모습을 보면서 교회랑 쌓았던 담이 조금 허물어지는 것 같더라… 어쩌고 이러면서.

한국인 입양아를 둔 미국 부모들이 속상할 때가 많단다. 괜스레 골을 내고 속을 썩일 때면 백약무효라지만 단 한 가지 저녁 식탁에 두부와 콩나물을 준비함으로써 당분간의 치료는 가능하더라고 말하더란다. 즉, 고향이 없는 미국살이에서 방황할 수밖에 없다. 즉 순해지고 잔잔해지고 편안해지는 아름다운 정서에 젖도록 해주는 우리들의 노력을 고향 만드는 일에 기울여야 하겠다. 뭐 이런 거야.

뉴욕 한국일보 기자가 인터뷰를 오겠다고 해서(허병렬 선생님이 추천을 했다나) "난 설 자리는 서고 앉을 자리는 앉는 사람이다, 단지 기사 취재라면 와도 좋다"고 했는데 그 소릴 전해 듣고 허 선생님께서 나무라시는 거야. 어젯밤에도 전화가 왔어. 나를 굉장히 아껴주시는 것 같아서 참 고마워해.

남이야. 사실 입으로는 이런 긍정적인 말을 하고 있지만 나, 가고 싫어.

오는 93년 2월 1일부터 여기 MCC 대학에서 한국어과가 새 학급을 오픈하는데 그것도 몇 명이 등록하느냐에 달렸어. 93년 5월 31일에 끝나는 학기야. 기금 모금을 위한 '한국 가족의 밤'을 하자고 전화가 왔는데 일 시작하면 혼자서만 바빠지는 것 있지. 영친 왕의 따님 해경 언니를 모시려고 해. 한국 학교랑 한겨레 문화랑 일이 겹친 데다 이 〈한겨레 문화신문〉(계간)을 내자고 꼬시지를 않나 정신이 없어. 원고가 하나 들어 왔어. 〈새교육〉 3호가 나오고 나니까, 또 문화 강좌를 가지니까 뭔가 쓰고 싶다는 생각들이 드는 건지….

여기 미국경제 말도 말아. 우울해. 신태만 선생님 강사료 때문에 고민하다 할 수 없이 억지로 떼어먹은 광고료 받아 냈어. 지난번에도 내가 해결했거든. 참 살기 어려워. 오죽하면 그 우사牛舍인지 마사馬舍인지로 들어가고 싶어 했겠니. 그러다간 이다음 절로 아주 들어갈까 생각 중이야. 성하 아버지는 당뇨병이라는데 중증이야. 식구들이라는 사람들도 다 속을 썩여.

내게 주어진 몫이라면 떡이 아닌 데도 받아야 하는 걸까? 그래 또 쓰자. 지헌 선생님 글 읽고 싶다. 한 편만 복사해 보내줘. 안녕.

1999. 3. 7. 종숙

남숙 선생

우선 미현 씨 개인전을 축하해. 나는 예술이란 열정의 결정체라고 보고 있어. 열정 없이 작품은 이루어질 수 없어. 파리에서 활동하는 미현 씨 열정에 격려의 박수를 보내고 있어.

"건강이 안 좋아 아슬아슬하게 떠난 여행?"

어디 아팠어? 지금은 어떤지 궁금해. 지헌 선생님이랑 함께 떠난 파리행이었지?

감사절에 만난 내 나이 또래 사람들이 휠체어 타고 나타난 것을 보고 놀랐어. 내 발로 걸어서 카날 스트리트 산책하러 나가고, 내 손으로 쌀 씻어 밥 안치고, 내 다리로 쿵쾅거리며 3층에서 층계를 내려가고, 내 차를 내 손으로 몰며 시장 가서 현미를 사 들고 오고, 이렇게 편지도 쓰고, 이메일도 하고…

이토록 내 몸 지켜주심에 진심으로 고마워. 갈수록 감사할 것이 많아지는 나이로 시간은 흐르고 새벽녘 잠이 깨면 생각이 많아지는데 기러기떼 울음소리가 들려오더라니까.

남숙 선생. 이렇게 편지 쓰며 오래오래 건강하게 살자꾸나. 김영숙 선생님은 용인 근처의 노인 요양 아파트에서 머무시는 것 같아. 지헌 선생님께서도 좋은 수필 쓰시는 겨울날들 잘 지내시길 빌어.

2015년. 프린스턴에서 종숙

Diego Rivera, 1886-1957
Crouching Man, 1934
Gray wash on mulberry paper, 39.0 x 27.7 cm.
The Art Museum, Princeton University
Gift of Harold K. Hochschild

168

이덕자 선생님

이대부중 국어 선생님으로 눈과 입이 크고 울고 웃기도 잘하며 순수하고 실속에 어두운 따뜻한 후배 선생님이다. 남편이 전북대학교 교수가 되어 전주로 따라 내려가면서 자기의 교직 생활을 놓게 되어 마음을 잡지 못하다가 '한살림' 일에 의미를 두고 그 고장의 일꾼으로 일하고 있다.

조 선생님!

그동안 안녕하셨어요? 날씨가 제법 쌀쌀해졌죠? 환절기에 건강 조심하셔야겠어요. 김 선생님께서도 건강하시고요? 민호 씨, 규호 씨, 미현 씨에게도 모두 바쁜 계절이겠지요.

그날, 7월 16일 날의 만남은 정말 즐겁고 기쁘고 반가운 만남이었어요. 저는 만나는 엄마들한테 선생님 가족 이야기를 하며 다녔어요. 우리가 하는 공부가 헛된 이론으로 끝나지 않고 실천할 수 있는 대상이라는 점에서 모든 엄마가 희망을 품고 공부를 더 열심히 하자고 다짐합니다.

저는 가끔 김 선생님의 순수하고 가식 없으신 모습을 떠올린답니다. 다방에서 찻값을, 식당에서 밥값을 기어이 내시겠다고 선포하시던 그

편지로 온 선물

169

정경을 떠올리면 얼굴에 웃음이 피고 마음이 푸근해집니다. 그래서 미
美를 창조하실 수밖에 없고 요즘 정말 보기 드문 분이라 생각했습니다.

저희 식구들 모두 잘 지내고 있어요. 선생님과 만나고 나서 이틀 뒤
윤조(딸)가 맹장염 수술을 했어요. 경과가 좋더니 날이 워낙 더워서 다
시 염증이 생겼답니다. 그러는 바람에 여름 방학 한 달 내내 병원을 데
리고 다녔고 서울엔 올라가지도 못했죠. 지금은 아주 건강해졌어요.

저는 늘 무엇을 해야 한다는 막연한 생각으로 세월을 보냈었는데 다
시 붓글씨 쓰기를 시작했어요. 동규(아들) 어릴 때 2년 쓰다가 시간이
없다는 핑계로 쉬었는데 너무 남편을 구속하는 것 같아 보름간 슬럼프
에 빠져있다가 헤어나기로 했답니다. 그래서 요즘은 너무 바쁘게 지낸
답니다. 집안일은 엉망이지만 좀 살 것 같아요.

선생님 엽서를 엄마들에게 읽어 주었더니, 저보고 공부하는 것을 운
명으로 생각하고 하라고들 하더군요. 제가 이 공부를 주관하고 노트
기록하는 것은 어쩔 수 없어서 해왔는데, 이제 좀 덜 힘들게 느껴지는
것이 사실입니다.

저희 유치원 원장 선생님께 말씀드렸더니 좋은 정보를 주어 고맙다
고 하셨어요. 비디오테이프를 구입하고 대여할 것이 있어서 니일 학회
와 선생님 댁에 전화를 며칠간 계속한 모양인데 통화가 안 되었다고
제게 부탁하더군요. 도움을 주시면 감사하겠습니다.

- 구입할 것:《서머힐: 시험도 숙제도 없는 행복한 학교 》
- 대여할 것:《학교가 변하고 있다》,《어느 유치원의 새로운 시도 – 구리 유치원》,《퍼져가는 비형식 교육 – 유럽편》,《한국의 운현 국민학교의 열려진 교육 – 한국의 오픈 에듀케이션》

　　꼭 구입하고 싶다고 했고요. 대여가 안 되면 되는 것만이라도 보내주시면 좋겠다고 합니다. 서머힐에 관해 10월 중순에 유치원에서 방영할 계획이라고 해요. 이 편지가 도착할 때쯤 댁으로 전화 드릴게요. 건강하시고요. 늘 바쁘고 즐겁게 사시기 바랍니다. 김 선생님께도 안부 전해주세요. 안녕히 계세요.

1990. 9. 24. 이덕자 올림

유정희 선생님

영어를 가르치셨다.

"선생님. 마음이 여리고 조용하면서도 아이들이 공부를 안 하고는 못 견디게 하셨지요. 몇십 년이 지난 지금 만나도 한결같은 몸가짐과 마음가짐으로 옛날 학교에서 같이 지내던 그 시절에 가 있는 것 같아요. 진정성과 성실로 나날을 가꿔 가시는 모습이 좋아요."

조남숙 선생님께

선생님. 보내주신 이화 다이어리 잘 받았습니다.

지금 생각하면 이대부중에서 선생님과 함께했던 그 소중한 시간이 멀게만 느껴지고 그 행복한 순간을 느끼지 못하고 지낸 것이 후회됩니다. 올해는 의미 있는 활기찬 계획을 해야겠어요. 훗날 이 순간을 또 후회하지 않도록요. 올겨울은 유난히 춥고 눈도 많이 내리네요. '쨍' 하는 찬 공기의 매력이 겨울의 멋이듯이 언제나 그 순간순간에 어울리는 시간을 계획하도록 노력할게요.

새해에도 큰 축복이 함께하시기를 기도드립니다.

2001. 1. 27. 유정희 드림

한미자 선생님

이대부중 국어 선생님으로 내가 그만둘 때 유난히 많은 걸 챙겨주고 따뜻하고 긴 편지를 써서 나를 울려준 선생님이다.

"고마워요. 선생님. 막내였던 선생님이 이젠 고참이 되셨지요? 조용히 아이들을 잘 타이르시는 귀한 선생님. 허리 아픈 것 많이 나아지셨으면 좋겠어요."

조남숙 선생님

선생님 뵙고 나면 훨씬 마음이 부드럽고 맑아집니다. 그래서 자꾸만 선생님을 뵙고 싶어지나 봅니다. 늘 얻어 가는 것만 많아 빚진 느낌입니다. 어쩌면 좋지요? 한 번도 귀찮아하지 않으시고 그토록 반기시니 무어라 감사의 말씀을 전해야 할지 모르겠습니다. 무엇보다 학교 그만두시고도 삶을 더 윤택하고 보람있게 영위하시니 선생님의 능력, 신념, 정성에 그저 고개만 숙어질 뿐입니다.

선생님과의 소중한 인연에 감사하고 있습니다. 늘 건강하시고 새해에도 선생님의 소망대로 모든 일이 이루어지길 기원합니다.

1991. 12. 21. 한미자 드림

황인희 선생님

이대부중에서 사회 과목을 가르치셨다.

"선생님. 남편분 공부하느라 미국에 같이 가셔서 애 많이 쓰셨지요. 곱고 다소곳하면서 제게 많은 도움을 주셨어요. 선생님 생각하면 기분이 좋아요."

그리운 선생님

그동안 편안하셨는지요. 가끔 선생님이 불현듯 떠올려지곤 했습니다. 선생님이 떠나신 지 두 해가 지났군요. 처음에는 빈자리가 너무 커서 어떻게 채워질까 막막했습니다. 시간이 흐르니 모든 인간사가 그렇듯 학교는 그런대로 움직이고 있습니다.

그러나 해묵은 포도주처럼 선생님의 말씀, 몸짓, 표정 모든 것이 제 속에서 향기롭게 샘솟으며 자꾸 그리움으로 자랍니다. 또 다른 곳에서 선생님이 뿌리신 씨앗이 아름답고 탐스러운 열매로 거두어지고 있음을 소식을 통해 듣고 감탄하고 있습니다.

저는 올 한 해 즐겁게 생활하였습니다. 아침마다 전쟁을 치르며 출근하지만(세 살짜리 딸을 아침 일찍 깨워 놀이방에 맡기는 일이 좀 번거롭군요) 학

이 대 부 중 선 생 님

174

교에 오면 집안 모든 일을 잊는 게 저 자신이 신기하기도 합니다. 올해 제가 맡은 1학년 아이들과 1학년 담임끼리 비교적 균형이 잘 맞았습니다.

그리고 선생님! 저 둘째 아이를 가졌습니다. 계획한 일이 아닌 데다가 실제로 부딪히는 어려움 때문에 처음엔 무척 당황스럽고 울적했습니다. 그러다가 복잡한 생각을 접어두자고 마음먹었지요. 편안히 마음먹으니 오히려 기쁘고 감사한 느낌이 들기도 하니 이상하지요. 첫째 아이가 더 애틋해지기도 하고 좀 감상에 젖기도 합니다.

선생님! 늘 건강하세요. 항상 감사드립니다.

새해 소망을 고이 가꾸소서.

1991년 12월 황인희 드림

그리운 선생님께

이대부중 교사시절 학생들과 함께.

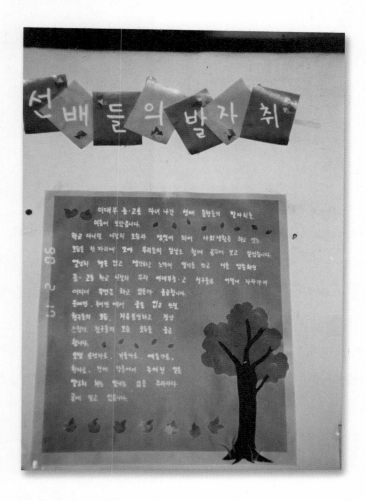

나는 교육 효과가 당장 나타나기보다 학생 개개인의 일생을 통해 드러난다고 믿는다. 따라서 졸업생들이 훗날 어디서 무엇을 하는지, 어떻게 사는지 늘 관심을 기울였다. 1990년 특색이 있던 학생 여덟 명의 과거의 모습, 현재의 모습을 함께 담아 전시하고 학교생활을 접었다. 재학생에게 졸업생 선배들의 발자취를 알려주는 게 의미가 있을 것으로 생각했기 때문이다.

유승곤

《파뿌리마냥 살으란다》
는 R.C 회원들이 책을
읽고 발표한 내용을 묶
은 책자이다.

이대부중 도서반에서 도서반원으로 독서 발표 등 활동을 하다가 경기고등학교로 진학했다. 경기고등학교에 가서도 도서반원으로 활동하면서 그곳 학생들을 데리고 우리 학교에 와서 함께 독서활동을 하고 싶다고 제안해서 시작된 독서활동이 R.C다.

우리 학교에서 시작된 독서 활동이 다른 학교 학생들과 같이 하면서 활발하게 책을 읽고 발표하고 발표한 내용을 다시 《파뿌리마냥 살으란다》라는 책자로 묶어 나누어 가졌다.

때로는 젠센회관 등 큰 공간에서 대대적인 독서발표를 하기도 했다. R.C를 거쳐 간 학생 중에 사회 각 분야에서 훌륭한 일을 하는 이가 많다. 유승곤은 충남대학 화학공학과 교수로 세계 학회를 유치하는 등 큰 학문적 업적을 남겼다. R.C 모임의 산파 역할을 하고 모임을 이끈 장본인이다.

표제언 表題言

파뿌리마냥 살으란다. 순박하게 살아
보자는 말이다. 우리가 깃들이고 있는
마음들이 파뿌리처럼 한결같이 살아 보자
는 것이다. 또 그 많은 뿌리들이 한결
같이 대지에 굳착되어 있음은 끈기와
굳건한 우리들 하나 하나의 마음을 상
징한다. 그들은 서로 엇갈리지도 않고
착실하게 뻗어 나간다. 또한 그들은
그들 위로 푸르름을 번지게 하여 도운

의 공기를 로롭한다. 뭇 짐승들은 이
것을 아무렇지도 않은 양 방관하고 있지
만 푸름을 향유등케 한 힘도 파뿌리가
지니고 있다. 우리들은 내부에서, 보이
지 않는 곳에서 또 하나의 뿌리를 내
어 보자. 그리하여 더 명랑을 듬뿍하
고 호 더 희게 되어 보자. 순박하게
뭉쳐 있는 보고들을 깨내어 다듬고 순
결하게 살아 보자.

< 같이 책을 읽는 사람들 >

(제 1 회)   1965년
졸업 김 현자   유 승곤
      박 숙서   이 제훈
      홍 정선   이 경구
      권 오옥   정 효근
      박 혜경   양 승인

(제 2회)   1966년
고3 강 민정   고 홍흠
      한 대열   유 병훈
      백 현희   남 상우

(제 3회)   1967년
고2 박 서정   강 지원
      이 명회   김 석원
                        박 건
                        남 상호

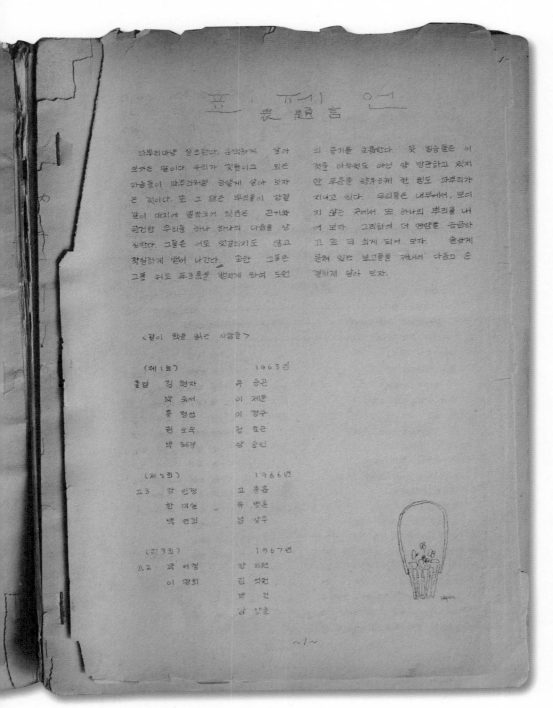

~1~

이대부중 도서반원으로 구성된 R.C는 대대적인 독서발표회를 하기도 했다.

조남숙 선생님.

선생님의 〈글쓰기, 독서지도가 마음의 변화에 미치는 영향에 관한 보고서〉를 반갑게 받았습니다. 선생님을 생각하면 항상 예전 신촌 이대부중과 고등학교 시절이 주마등같이 영사되면서 어린 시절로 돌아가지요. 또한, 어느새 제가 곤지암 선생님 댁 뜰 안을 거니는 듯합니다.

저는 선생님이 도서관학과 국어교육을 전공하신 것 외에 학부 때 교육학과를 졸업하셨음을 이번에 알았습니다. 그러나 저희 R.C에게는 영원한 마음의 선생님이지요. 선생님 덕택에 저희는 모두 이제까지 바르게 살아오고 있으며, 마음이 바르므로 건강도 다들 좋습니다.

선생님은 항상 새봄 개나리같고, 유치원생같이 천진스러우신데 바쁘신 가운데 이렇게 재미있고 보람있는 보고서를 작성하시다니 노고가 크셨습니다. 다행히 제가 '한국지역사회 교육협의회' 라는 기관을 알고 있어서 선생님 활동을 이해하기가 쉽습니다. 선생님은 '한국자율교육학회' 일도 맡아보시니 무척 바쁘시겠어요. 그동안 지헌 선생님 뒷바라지는 물론 자녀분들도 훌륭히 키워내셨으니 겉보기보다 매우 당차십니다. 선생님의 의지로 보아서는 앞으로도 계속 일하시고 2001년 4월부터 2011년 3월까지 보고서가 또 발간될 것이 틀림없습니다.

선생님 보고서는 틈틈이 읽고 있는데(가끔은 지헌 선생님의 수필도 읽고 있습니다) 제목 하나하나가 다 마음에 와 닿고 수강자들이 강의를 듣고 나서 소감을 피력하였는데 모두 동감하고 즐겁게 지냈을 뿐만 아니라 그들 자녀 교육에 크게 도움이 되었을 것으로 믿습니다. 저는 그동안 너무 사회생활에서 멀고 찌들은 생활을 계속하고 있습니다. 다른 사람들은 교수 생활을 비슷한 잣대로 짐작할 텐데 저희 같은 공학자들 생활은 너무 기계적이고 융통성이 없지요. 그런 면에서 헬렌 켈러의 "내가 사흘 동안만 볼 수 있다면"은 여러 가지를 생각하게 하지요. 독서를 하고 싶어도 한 번 책을 붙들면 끝장을 보아야 하니 그 몇 시간 실험실이 걱정되는 거지요. 사실 그동안 아무 문제도 없고 시간 낭비도 많은데….

저는 어찌하다 보니 별로 노력하지 않아도 괜찮던 70, 80년대를 비교적 열심히 연구한 편입니다. 그러다 보니 선생님들과 친구들에게 소원하였지요. 그런데 90년대는 평가제도가 생기면서 열심히 해야 하는 시대 상황으로 바뀌어 모든 교수님들이 매우 피곤한 생활을 하게 되었습니다. 저는 이전 생활의 연속이며 또한, 이전 결과물이 있어서 그나마 다행이지요. 저도 '한국 탄소학회'를 창립하고 초대 회장으로 활동하고 있는데 학회지 발간, 국제교류 활동 등으로 제법 바쁘답니다. 2005년에는 한국에서 일주일간 국제 탄소학회 학술회의를 주관해야 하는데 5~6백 명의 국내외 손님들 맞이에 걱정이 크지요. 항상 머릿속에는 시골 고향에 가서 시간에 쫓기지 않고 들꽃이 피고 지는 것을 바라보고 싶은 마음이 크게 자리잡고 있는데요.

지난 2월 27일부터 3월 2일까지는 생전 처음으로 제가 경비를 대어 아버님을 모시고 중국(서안-북경)을 다녀왔습니다. 아버님은 2년 전

대장암 수술을 받으셨지만 몸조리를 잘하셔서 건강하신 편입니다. 그래도 이제 연세 드셨으니 앞으로 5년, 10년을 어떻게 장담하겠어요. 갑자기 같이 여행하고 싶은 생각이 들어 출발했고, 밤에는 한방에서 부자지간 도란도란 이야기하면서 보냈지요. 무척 좋아하시더군요. 돌아오셔서는《시황제》라는 책을 열심히 읽고 계십니다. 저도 이다음에 제 자식들과 그런 기회가 있을는지요?

저는 사내 녀석들만 둘인데 첫째는 아주대학병원 내과 전공의 1년차고, 둘째는 지난달에 경영학과 졸업하고 SK텔레콤에 입사하였습니다. 지난 몇 년간 두 녀석을 사립대학 보내느라 고생했고, 이제부터는 슬슬 수금 좀 해야겠는데 모두 바쁘다며 전화통화도 잘 안되고 오히려 원룸을 준비해야 한다는 등 요구사항이 더 커지는 것 같습니다. 내자는 지난 20여 년간 여전히 독문과 강사로 활동하고 있습니다. 초기에는 심심풀이로 했는데 이즈음은 가계를 보태기 위하여 결사적(?)으로 하는 폼이 나이 든 아줌마의 전형이 아니겠어요. 모두 제 탓입니다.

모처럼 저의 이야기를 많이 늘어놓았습니다. 항상 어찌하면 선생님의 모범적이고 보람있는 생활을 따라갈 수 있을까 희망하며, 곤지암에도 자주 들르고자 합니다. 편지는 당연히 자필로 써야 하는데, 저희는 이미 컴퓨터에 푹 녹아 있어서 읽기 편하시도록 그냥 프린트해 올립니다.

2003.3.11. 대전 유성구 궁동 충남대학교 화학공학과 유승곤 올림

김영희

이대부중 어린 시절 도서 시간 또는 방송반에서 만났다. 상냥하게 늘 웃는 보조개 파인 예쁘고 재주 있는 학생이었다. 연대에서 국문학을 공부하고 연세어학당에서 외국인에게 한국어를 가르치다가 예일 대학 학생이던 지금의 남편 램지를 만났다.

그는 메릴랜드 대학에서 동양 언어, 특히 한국어를 연구하는 교수로 서울대 국문과 교수들과 함께 출판한 책들로 외국에 우리 한글에 대한 연구 업적을 많이 알렸다. 재작년에도 한글날 세종문화회관에서 상을 받았고, 올해도 일석(이희승) 학술재단에서 한글 학자에게 주는 '일석 국어학상'을 받았다.

아들 제임스를 어릴 때 곤지암에도 데려와 찍은 사진이 있는데 작년에 35세에 두 아들을 둔 가장으로, 세계적인 건축가로 우뚝 선 모습으로 곤지암을 다녀갔다. 로 라인 프로젝트Low Line Project란 빛없는 지하세계에 빛이 들어가 생물을 키우는 지하 정원 만들기가 미국은 물론 영국 프랑스 등에서도 관심을 불러일으켰다.

딸 줄리아는 구글에 다니는데 이 가족이 모두 자기가 타고난 재주와 후천적인 노력의 결과가 엄마인 김영희의 지혜로운 가족 돌보기와 삶의 가치관과 많은 관련이 있는 것으로 생각한다.

김영희와 그의 가족(남편 램지, 아들 제임스, 딸 줄리아)이 모두 곤지암 우리 가마(보원요)에 왔을 때의 모습. 1993년.

오랫동안 편지를 통해 미국 워싱턴D.C.에서의 가족의 생활을 매번 일일이 자세하게 적어 보내주어 나도 그들이 어떻게 공부하고, 일하고, 성장할 수 있었는지를 느낄 수 있었다.

김영희도 메릴랜드 대학에서 국어를 가르치고 우리 문화, 그림, 붓글씨를 지도하고 있다. 우리 아들 민호도 워싱턴에 가서 함께 지낼 기회를 가졌었다. 고마운 일이다.

선생님 내외분께

안녕하세요? 새해 인사 드립니다. 올해도 멋 있는 아리랑 달력을 보내주셔서 작년에 걸었던 서재 문에 걸었습니다.

그 좋은 청년 민호 씨가 결혼을 했다니 축하 드립니다. 같은 학문을 하는 며느님을 얻으셔서 기쁘시겠어요. 언제 이곳에 오면 저희 집에도 한 번 들르라고 전해 주세요. 비슷한 학문을 하는 이들끼리 앉으면 통하는 게 있을 것 같군요.

저희 대학교는 아직 겨울방학이지만 예일은 벌써 학기가 시작되어 어제 제임스한테서 이번 학기에 선택할 코스에 대한 전화가 왔어요. 건축학 강좌 세 개에다 일본문학, 중국의 실크로드에 관한 강좌를 듣기로 했다고 합니다. 지난 학기에 들은 유럽 미술사와 인도, 중국의 불교 강좌는 교수가 얼마나 열정적으로 강의하는지 너무 좋아서 눈물이 나올 정도였다고 해요.

제임스가 순수 학문을 발견하는 그 기쁨에 우리 그이는 덩달아 동조되어 몇 시간씩 같이 토론하곤 해요. 줄리아는 그동안 치던 피아노를 그만두고 요즘은 플루트에 열중해 있어요. 강아지에 대한 사랑은 변함없고요. 저는 이번 방학에 한국문화공보원의 한국어 교사를 위한 교재를 쓰기로 하고 지금 홍역을 치르고 있어요.

얼마 전 이종숙 선생님과 통화했는데 선생님께서 박인환의 '세월이 가면'과 정지용의 '향수'를 되풀이해서 읊어주셨어요. 저도 그만 그

시에 빠져버려 며칠동안 그 속에서 나오기 싫은 기분이었어요. 한편 저에게 이렇게 멋진 선생님들께서 계시다는 게 행복합니다.

오랜만에 온 채원이 편지에 제 마음을 잘 표현한 구절이 있어 여기 써봅니다.

… 중학교 때는 되돌아보면 이런 미래를 생각해보기 힘들 게 얼마나 먼 훗날의 시간이니 지금. 그런데 지금 우리가 모두 여기에 있다는 것이 신비롭기만 하다. 정말 모두 수고하면서 잘 살아내었다고 손이라도 잡아주고 싶은 심정이야. 사는 일이 그만큼 혹독하고 어렵기 때문이지. 그러면서도 순간순간의 행복감. 멀리 있는 너를 간혹 생각한다.…

선생님, 좋은 사부님, 자제분들. 즐거운 꿈꾸시고 좋은 새해가 되기를 기원합니다.

1997. 1. 15. 김영희 올림

추신: 2, 3주 전에 정초를 위한 열매를 조금 선편으로 보냈어요. 맛있게 드세요.

선생님 내외분께

아침에 일어나 커튼을 젖히니 소리 없이 눈이 오고 있어요. 저희 가족은 사방이 지평선과 먼 산만이 보이는 이곳 테네시 농장에서 휴가를 보내고 있습니다. 바비* 가족이 5대째 살고 있는 이 농장집은 아직도 조상의 넋이 곳곳에 숨쉬고 있어서 현실 세계 같지 않을 때도 있어요. 가족들이 모이면 끝없는 실타래를 풀 듯 옛 이야기가 나오고 웃음소리가 끊이지 않는군요.

여기로 오기 전 두 분께서 보내주신 글월과 아리랑 달력 잘 받았어요. 창작 생활을 하시는 선생님 가족분들을 생각하면 일상생활에 젖어 있다가도 아, 참! 하고 다시 주위를 돌아보게 되고 이끌림을 받는 듯 싶어요.

바비는 그동안 편집, 번역해오던 《한국의 언어》를 끝냈고 새해에는 이기문 선생님의 《국어사개설》을 번역, 편집할 계획이랍니다. 그전부터 이 책을 세종의 훈민정음 이후 가장 훌륭한 책으로 생각하고 거의 외우고 있다시피 해요. 캠브리지 대학 출판사에서 출판할 예정으로 소년처럼 가슴 부풀어하고 있어요. 이 분야의 업적이 되리라 믿어요. 저는 여전히 대학과 D.C. 공보원에서 우리말을 가르치는 데 대부분의 시간과 힘을 기울이고 있어요.

제임스는 벌써 3학년이 되어 전공을 건축으로 정했어요. 그동안 미술, 문학, 물리, 천문학 등을 놓고 고민했는데 이 모든 학문이 들어가

---

* 김영희의 남편, 램지를 집에서 부르는 이름.

이대부중제자

188

는 건축학을 하겠다고 합니다. 주위 친구들 중에는 건축학이 요즘 별 볼 일 없는 분야라고 말리는 이들도 있었지요. 그러나 저희는 하고 싶은 것을 마음껏 해보라고 적극 지원하고 있어요. 좋아하는 것을 위해 흥분하고 밤을 새우고 주위 사람들에게까지 흥미를 느끼게 하는 게 소중하게 느껴져요. 두 분 선생님께서도 그러시지요?

줄리아는 스코틀랜드에서 양을 모는 보더 콜리 종의 개를 애지중지 기르며 1년 전부터 승마를 배우고 있어요. 오늘 아침에도 말을 타려고 일찍 일어났는데 눈이 와서 못 타고 이 농장에서 태어났다는 그 유명한 말, 미드나이트 선Midnight Sun의 사진을 들여다보고 있습니다. 7학년에다가 열두 살인 줄리아를 보며 제가 그 나이 또래였을 때 처음 선생님 수업에 들어가 가르침을 받은 생각을 하고 있습니다.

《레 미제라블》, 《좁은 문》 등에 대해서 얘기하시던 선생님 목소리가 지금도 들리는 듯해요. 언젠가 독후감을 써오라는 숙제를 내주셨을 때 무엇을 읽을까 망설였는데, 아버지께서 괴테의 《파우스트》를 사다 주셔서 열심히 읽고 독후감을 쓴 기억도 납니다. 줄거리를 잊지 않고 있어요. 어린 시절의 환경과 영향이 새삼 중요하게 생각되어요.

선생님, 요즘은 지역사회 봉사와 자율교육 편집일로 그 귀한 시간을 보내고 계시다니 멀리서나마 성원을 보냅니다. 새해에도 보람있는 일 많이 하시고 댁내 고루 건강과 평화가 함께 하길 빌겠어요.

1997. 12. 27. 테네시 농장에서 옛 제자 영희 드림

선생님 내외분께

새해에 복 많이 받으세요. 결혼 50주년을 진심으로 축하드려요. 두 분 선생님에 대한 사랑과 존경을 어떻게 표현해야 할지요. 생각하면 항상 감동의 울림을 느낍니다.

아드님 민호 씨가 낸 《동경몽화록》이란 책 정말 재미있을 것 같아요. 10여 년 동안을 이 책을 위해 몰입했다니 내용 또한 얼마나 훌륭할까 하는 짐작이 가요. '규호네 집', '열세 살 되는 생일에', '아버지가 아들에게 보낸 편지' 등을 통해 접해온 민호 씨가 이젠 훌륭한 학자로서 학문에의 길에 몰입한 순간이 자랑스러워요. 두 분께선 중국에도 여러 번 가셔서 따님과 아드님들에게 은연 중에 많은 힘과 격려가 되었을 거 같아요.

저희는 언제나와 같이 학기말 고사를 마치고 점수를 제출하자마자 뉴욕으로 가서 제임스와 줄리아와 함께 지내고 돌아와서 새해를 맞이했어요. 뉴욕에 있는 동안 큰 폭설이 내려 며칠 동안 뉴욕이 마비되었었는데, 5번가에서는 눈보라가 너무 심해서 한 발자국도 더 떼지 못해 길옆에 세워진 간판을 방패 삼아 온 힘을 다해 눈보라와 싸웠지요.

바비는 지난가을 큰 상인 '동숭학술상'을 받았고, 요즈음 8년의 정성을 기울인 책 《A History of the Korean Language》(한국어의 역사) 마지막 교정을 끝내서 곧 나올 예정이에요.

저는 이번 여름 한국국제교류재단 모임에 초청을(2011. 7. 6 ~ 7. 9)

받았는데, 재미있게도 한국에서 보고 싶은 분을 기재하라는 난이 있어서 두 분 선생님의 성함을 썼어요. 그러나 부담은 전혀 갖지 않으시면 좋겠어요. 두 분 선생님께서는 늘 보배롭고 멋있는 여행을 하시니까요. 2008년 여름엔 저희가 정말 운이 좋았어요.

선생님, 새해에도 이루고자 하시는 일, 소원하시는 일 모두 이루시는 한 해가 되길 기원합니다. 항상 감사드리며….

2011. 1. 5. 제자 김영희 올림

추신: 십장생 달력 고맙습니다. 저를 바라보시는 선생님 생각을 하며 하루하루 부끄럽지 않게 채워나가도록 노력하겠어요.

선생님 내외분께

새해에도 좋은 꿈 많이 꾸시고 뜻하는 바 모든 것이 이루어지는 해가 되기를 기원합니다. 수묵화 느낌의 피에르 사진작품을 통해 예술적인 공감을 느끼게 됩니다. 미현 씨와 서로가 응원하는 예술가로서 정말 멋진 부부예요. 민호 교수도 지금쯤 유럽에서 돌아와 케임브리지의 겨울을 만끽하리라 생각합니다. 최진아 교수의 '일사일언(조선일보)'은 좋은 내용입니다. 채원이한테도 알려줘야겠어요.

저희는 겨울방학이긴 하지만, 바비는 지난여름부터 본격적으로 쓰기 시작한 '일본 언어'에 대한 책을 쓰고 저는 집수리 일로 좀 어수선하게 지냅니다.

제임스와 줄리아는 지금 멕시코의 바하 비치에서 겨울 휴가를 지내는 중이에요. 줄리아는 3개월의 구글 도쿄 근무를 마치고 다시 뉴욕생활을 합니다. 제임스는 아들 피니가 한 살 반으로 나날이 더 귀여워서 어쩔 줄 모르고 5월에 둘째 아들이 태어나길 기다리고 있습니다. 하는 일도 점점 규모가 커져서 런던에도 지사를 세울 계획이지요. 런던 한복판 킹스 칼리지 옆 블록 전체(템스 강변)에 아트 센터 디자인, 런던 한 구역 전체 디자인으로 한 달에 한 번은 런던에 가야 하고, 여러 곳의 영입을 받았어요.

여기 동봉한 사진들은 지난 10월에 민호 교수께 이메일로 보냈지만 프린트하여 직접 보내 드립니다. 사진 속을 보니 새삼 '꿈속' 같기만

이대부중 제자

192

김영희와 그의 남편 램지가 곤지암을 방문했을 때.

합니다. 한국을 생각하면 곤지암이 어느덧 고향처럼 떠오르는 것은 한 결같은 두 분의 따뜻한 사랑 때문이지요. 그날도 달콤한 단호박 국을 비롯한 정성 어린 밥상과 함께 저희들을 언제나처럼 환대해주셔서 정 말 감사했습니다.

지헌 선생님께서 쥐여주신 두꺼비도 볼 때마다 마음이 훈훈해집니 다. 두꺼비도 감사합니다. 또 어디선가 뵙게 되겠지요. 모든 것은 순리 에 맞게 자연스럽고 자유롭게 되는 것 같아요. 건강하시기 바랍니다.

2014. 1. 2. 옛 제자 김영희 올림

선생님 내외분께

안녕하세요? 초록이 예쁜 5월 말입니다. 보내주신 엽서와 따님 미현 씨의 시적인 황산 사진으로 만들어진 프랑스 우표 잘 받았습니다. 이 귀한 우표를 보내주셔서 감사해요. 그리고 축하드려요.

지난 3월 마지막 이틀을 아드님 민호 교수가 저희 집에 다녀갔어요. 아직도 추운 겨울 날씨에다 비까지 왔지만 웃는 모습, 말씨가 선생님과 똑 닮은 훌륭하고 호기심 많은 젊은 학자가 저희를 찾아주어서 저희는 무척 행복했어요. 게다가 준수한 외모에다 다재다능한 르네상스인 같은 민호 교수를 보며 두 분 선생님의 영향과 정성이 깃든 작품을 보는 듯했어요.

아무 볼 것 없는 저희 집에 와서 실망했겠지만 다행히 D.C.에 가볼 곳이 많아 재미있어 하는 것 같았어요.

저희는 지난주 목요일 졸업식으로 봄학기를 마무리하고 뉴욕에 갔다가 어젯밤에 돌아왔습니다. 지난 5월 1일에 제임스의 둘째 아들이 태어나서 그동안 거의 주말마다 갔었지요. 제임스는 다음 주 목요일(6월 5일)부터 그 다음 주 화요일(6월 10일)까지 비즈니스로 한국에 갑니다. 그 옛날 곤지암에 갔던 호리호리한 소년(14세?)을 기억하시는지요? 이제 36세가 되어 두 번째의 한국 방문을 하게 되었어요.

어제 제임스의 RAAD 스튜디오를 방문한 파리의 첫 여성 시장, 안 이달고와 찍은 사진을 동봉합니다. 제임스의 로 라인 프로젝트에 관심

큰딸 미현이가 촬영한 황산 사진이 실린 프랑스 우표.

이 많은가봐요. 사실 이번 한국행도 로 라인 프로젝트와 관련이 있지요. 시간이 되면 곤지암의 두 분을 찾아뵈어도 좋을 텐데 제가 두 분 선생님과 제임스의 스케줄을 잘 몰라서 섣불리 말을 꺼내기도 망설여집니다.

2014. 5. 30. 옛 제자 김영희 올림

선생님 내외분께

안녕하세요. 두 분을 비롯해 가족 모든 분들 건강히 잘 지내시지요? 오랫동안 안부 못드려 죄송합니다. 5월의 끝 무렵에 신록이 무르익는 곤지암을 떠올려봅니다.

이곳 UMD(메릴랜드 대학교)는 마침내 봄학기가 끝나고 졸업식하고 해서 저희는 곧 서울에 갈 생각으로 들떠 있어요. 바비가 이번에 '일석 국어학상'을 수상하게 되어 6월 6일부터 20일까지의 일정으로 갑니다. 수상식은 6월 9일 6시 일석기념관(동숭동)에서 있을 예정인데 두 분께 초청장을 보내 드리도록 하겠어요. 혹시 그때 서울에 계신다면 꼭 오셔주세요. 그러나 여행 중이시거나 번거로우시면 너무나 잘 이해하니까 부담 느끼지 않으시면 좋겠어요.

마침 제임스도 서울 시장실의 초대를 받아 6월 4일~10일까지의 일정으로 가게 되어 아빠의 수상식에도 갈 수 있게 되었어요.

바비는 이번 봄학기는 연구 학기로 쉬면서 《일본, 일본어》에 대한 책을 일반 독자들을 위해 쉽게 그리고 즐거움으로 쓰고 있어요. 다 모여 며칠 동안 같이 지낸 후 서울로 출발할 예정입니다. 제주도도 가보고 싶습니다. 좋은 곳이 있으면 추천해주셔요. 두 분 선생님께선 여행을 자주 하시니 어쩜 여행 중이실지 모르지만 뵐 수 있기를 기대합니다. 건강히 계시길 바랍니다.

2015. 5. 26. 옛 제자 김영희 올림

이
대
부
중
제
자

美 램지 교수, 一石국어학상

로버트 램지 미국 메릴랜드대 교수가 제13회 일석국어학상 수상자로 선정됐다고 일석학술재단(이사장 강신항)이 밝혔다. 램지 교수는 영문 저서 '한국어의 역사'를 발간하는 등 한국어의 위상을 높인 공로로 1998년 한글유공자 대통령 표창, 2013년 보관문화훈장을 받았다. 일석국어학상은 국어학자인 일석(一石) 이희승 (1896~1989) 선생의 업적을 기려 제정됐다. 시상식은 9일 오후 6시 서울 종로구 일석기념관.

2015. 6. 4. 木

한국어를 아끼고 한국어 연구에 매달려온 김영희의 남편 로버트 램지 교수가 2015년 6월 9일 국어학자 일석 선생의 업적을 기려 제정된 '일석국어학상'을 수상하였다. 2015. 6. 4. 조선일보.

남상숙

제자 남상숙의 그림은 미국 유명 잡지 〈아티스트스〉에 몇 번이나 소개 되었다.(표지 그림)

이대부중 4회 졸업생으로 미국 워싱턴 D.C.에 살고 있다. 1996년 미국에 갔을 때 그의 집에 들렀는데 남편이 직설적으로 "제대로 된 그림이 없네!"라든가 "집에 먼지가 많다"라고 혼잣말처럼 내뱉은 말이 마음에 걸렸는지 10년 후에 보낸 편지에 그 이야기가 쓰여 있다.

놀라운 것은 10년 후 '까마귀 날자 배 떨어진' 격으로 우리가 다녀간 후부터 열심히 그림 공부를 해서 미국의 유명한 잡지 〈아티스트스 Artist's〉 표지에 몇 번씩 실릴 만큼 상을 타고 훌륭한 작가가 되었다.

늦은 나이에 그림을 그리기 시작해서 70세가 된 지금까지 왕성한 작품활동을 하며 편지도 보내고 그의 그림이 실린 잡지도 보내며 내외가 한국에 들를 때 우리 집을 다녀가기도 했다.

조남숙 김기철 선생님께

보내주신 책 잘 받았습니다. 여행 다닐 때 가지고 다니면서 잘 읽겠습니다. 두 분 다 건강하시지요? 그림 그린 지 꼭 10년이 되었습니다. 요즘은 청소하러 오는 사람이 있어서 먼지는 좀 덜합니다. 내년에는 2월에 개인전을 하게 되었습니다. 네 번째 하는데 이번에는 제법 큰 전시가 될 듯합니다. 해봐야 아는 일이지요. 어쩌다 운이 좋아서 잡지 표지에 나왔으니 선생님께서 보십시오.

새해에는 두 분 더욱 건강하시기를 바랍니다.

2006년 남상숙 드림

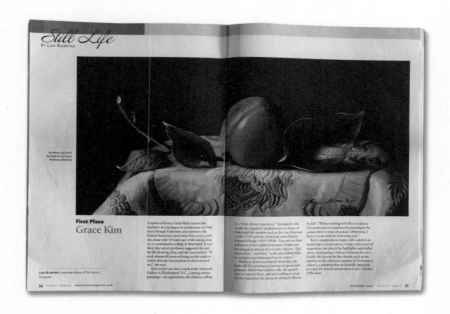

가끔가다가 김 선생님을 생각합니다.
"이 집은 그림들이 다 싸구려" 라고 하신 말씀. 언제
우리 집에 안 오시겠어요? 이 집에도 좀 변화가 왔
답니다. 김 선생님 다녀가신 후로 제가 열심히 그림
을 그리기 시작해서 지금은 내셔널 갤러리에 가서
그림을 그리고 있답니다.

김채원

　조용하고 말이 없으면서 수줍어하던 이대부중 초창기 4회 학생이다. 그림도 잘 그리고 글도 잘 쓰던 그는 서양화를 공부했고 글을 써서 《겨울의 환幻》으로 13회 '이상문학상'을 받았다. 신문(조선일보 2015. 3. 2.)에 보니 《쪽배의 노래》로 김동인 문학상 후보자로도 선정되었다. 아버지 파인巴人 김동환, 어머니 최정희 씨의 문학적인 재질을 이어받은 것 같다.

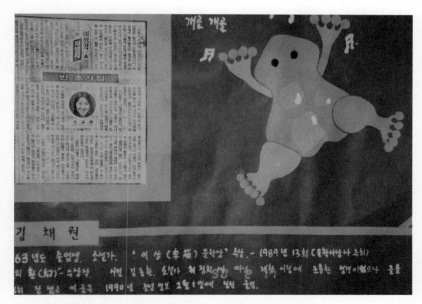

선배들의 발자취에 이대부중 졸업생 김채원의 과거와 현재의 모습을 소개한 것.

자다가 눈을 뜨니 한밤중, 일어나 스탠드를 켜고 앉았습니다. 보내 주신 《흙장난》 감사히 그날로 다 읽었습니다. 도예에 들어서신 과정 - 신문회관 전시장을 아이와 함께 우연히 지나다가 보고 환희심을 느끼신 것, 충격 받고 작가 선생님께 절을 하고 나오신 것, 이천에서의 생활, 곤지암에 가마를 놓으시게 된 경위 같은 것이 마치 바람이 밀어주고 있는 듯 너무도 자연스런, 벌써부터 김기철 선생님이 태어나신 그 운명적인 조짐의 기운이 느껴지고 있었지요.

어릴 때부터 농사일 하시고 자연을 그렇게도 사랑하신 보답의 메아리가 자연스런 흐름으로 이어지지 않았나 합니다. 그리하여 읽을수록 절절히 함께 공감하고 싶어집니다. 흙 만지는 생활을 소원하던 한 소년이 이루어낸 어마어마한 꿈의 궁전을 보며 저 자신도 후련히 기뻐지면서도 또한 자신을 초라하게 돌아보게 합니다. 이렇게 사셨으니 안 좋을 리가 없고 안 이루어지실 리가 없는 그것이 뚜렷이 보입니다.

김기철 선생님이 쓰셨듯 혼신을 다해서 사셨을 조남숙 선생님도 충분히 느낄 수 있었어요. 특별히 내가 혼신을 다해 산다는 것이 아니라 하루하루 너그러운 마음으로 최선을 다하셨고, 그것이 혼신의 결과물이 된 것을요. 상큼하신 앳된 모습에 다감하시던 옛 선생님을 떠올려보지만 그 뒤에는 이러한 사연이 있었구나 하고요.

저는 지난여름 뜻밖에 다리를 다쳐 조금 제한적인 생활을 하고 있습니다. 뭔가 달라져야 한다는 생각을 하던 차에 선생님 책을 만나게 되

어 죽죽 빨아들이듯 보았습니다. 불일암에 온 식구가 가셔서 다 찾아
먹고 법정 스님을 다 우려먹고 돌아오시는 것도 매우 재미있었습니다.
정말 그러한 모든 것이 오직 한 번 뿐으로 지나가는 모든 것이 너무도
그립습니다.

　힘을 얻게 해주신 두 분 선생님께 진정 감사드려요.

2014년 9월　채원 드림

홍정선

    홍정선(홍승연)은 고두심이 "잘났어, 정말!"이란 말을 퍼트리게 한 드라마 〈사랑의 굴레〉를 썼다. 그 드라마 끝 장면에 아기 낳는 장면이 나오는데 거기에 같은 R.C 회원이었던 백연희의 '환생'이란 시가 깔려서 감개무량했다. 두 사람이 모두 R.C 회원이었고 이대 국문과 선후배이다. 백연희의 '환생'은 이대 1백 주년 현상 모집에서 운문부 장원을 했던 작품이다.

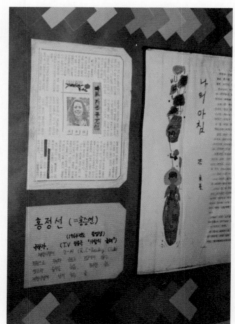

선배들의 발자취에 홍정선이 재학생 때 쓴 글과 성인이 되어 활동하는 모습을 나란히 전시했다.

조남숙 선생님

　세월을 건너 뛰어 젊고 건강하신 모습을 뵌 것만도 기쁘고 행복한데, 아직도 쟁쟁한 풍경소리, 방 안 깊숙이 머물던 가을 햇빛, 생동감 넘치는 도자기의 선, 국화 향기, 정갈하면서도 운치 넘치는 마당, 돌담들… 김기철 선생님의 발랄하면서도 그윽한 수필들, 따님 김미현의 모던한 감각의 사진들…

　그 중심에 선생님이 계셨습니다. 대체 제가 무슨 복에 이 많은 것을 누리는지 아직도 벙벙하고 가슴이 벅차 오릅니다. 선생님이 계신 그곳에는 제가 꿈꾸던 모든 것이 있습니다. 아름다움, 검박함, 조화로움, 부지런함이…

　자주 찾아뵙고 배우겠습니다. 사는 게 이렇게 아름다운데 어찌할꼬 이 좋은 날들을!

2003년 가을 홍정선 드림

정남영

고등학교 졸업 후 미국에 가서 아마 50년 정도 살고 있는 것 같다.
까마득한 옛날 선생에게 한 해도 거르지 않고 연말이면 꼭 연하장을
보내왔다. 그 깊고 꾸준한 인정과 의리에 많은 것을 느끼고, 늘 고맙
게 생각한다.

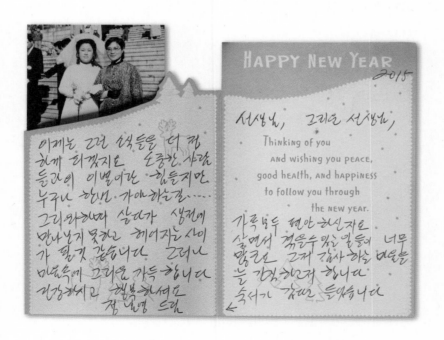

살면서 겪을 수 있는 일들이 너무 많군요. 그저 감
사하는 마음을 늘 간직하고자 합니다. 숙서가 갔다
고 들었습니다. 이제는 그런 소식을 더 접하게 되겠
지요. 소중한 사람들과의 이별이란 힘들지만 누구
나 한 번 가야 하는 길…
그리워하며 살다가 생전에 만나보지 못하고 헤어지
는 사이가 될 것 같습니다. 그러나 마음속에 그리움
가득합니다.

장주옥

고등학교 국어교사다. 여기 소개한 편지는 그가 〈샘터〉 잡지에 소개된 법정 스님 책에 나온 나와 우리 집 이야기를 읽고 찾아왔다가 나중에 쓴 것이다.

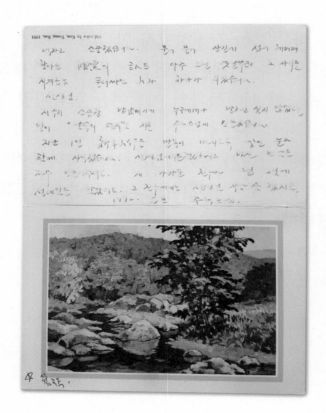

남숙 선생님

한결같이 낭랑하게 책을 읽어주시던 그리움을 늘 가슴에 묻고 닮은 선생이 되고자 했습니다.

곤지암의 해후邂逅, 법정 스님의 도침陶枕 - 복더위가 극성을 떠는 요즘 점심 공양 끝에 한소끔씩 낮잠을 잔다. 경기도 광주 곤지암에 있는 보원요의 김기철 님이 나를 위해 만들어준 도침을 베고 누워 있으면 맑은 솔바람 소리가 들린다(산방한담山房閑談 352페이지 〈맑은 기쁨〉 중에서) - 과 지헌 선생님, 그리고 12월 어느 날 남편이 쥐여준 〈샘터〉 12월 호에서 무심코 발견한 제목 '남숙이의 편지' 등이 한 해 동안 가을, 겨울 사이에 얽혀 제게 다가옴에 그 모두를 소화하기엔 대단히 벅차고 소중했습니다.

물어물어 산길에 접어 헤매며 찾아든 도요陶窯의 주인은 아주 오랜 옛날부터 그 자리를 지켜온 듯 둘러싸인 산과 하나가 되었습니다.

선생님. 지극히 소중한 만남이기에 누구에게나 말하고 싶지 않았던 일이 '남숙이의 편지'로 저를 수다스럽게 만들었습니다.

지난 1일 신년 산행을 발목이 빠지도록 쌓인 눈과 함께 시작했습니다. 선생님 내외분 건강하시고 멋진 만남을 자주 만들어주세요. 제 가까운 친구가 그린 그림에 설렘을 담았어요. 그 친구에게는 선생님 자랑 좀 했지요.

1992년 원단元旦 주옥 드림

신애선

이대부중 시절, 일기, 독후감 등을 열심히 쓰고 늘 성실하게 내면의
자기를 잘키워 갔다.

선생님께

선생님. 안녕하세요! 후두둑 떨어지는 빗방울 소리가 유난히 크게
들리고 살갗에 와 닿는 공기가 찬 것을 보면 가을이 오려나 봅니다. 하
늘이 높아지는 이 계절에 선생님께서는 어떻게 지내시는지요? 선생님
의 마지막 모습을 뵈온지도 몇 달이나 지났군요.

여름방학도 끝나고 새 학기가 시작됐습니다. 중학생으로서는 마지
막 학기를 보내지만 아직도 1학년 맨 처음 국어 시간의 선생님 말씀을
잊지 못합니다. 지난 학급 예배 시간에 설교를 준비한 한 아이가 선생
님께서 늘 하시던 '보물단지'라는 말을 인용하더군요. 선생님께서 수
업시간에 들려주시던 말씀을 다 기억하지는 못하지만 그저 그러려니
하고 지나쳤던 한 마디 한 마디가 지금은 조금 이해되는 것 같습니다.

오늘은 3학년 2학기의 새 국어책을 받았습니다. 첫 국어 시간에 저
희 국어 선생님께서 목이 좀 안 좋으셔서 교과서를 처음부터 읽어볼
시간을 가졌습니다. 일기 단원에 한 학생 일기가 실렸는데 제 짧은 지

식으로도 그리 좋은 글이 못 된다고 생각했습니다. 그때 선생님 말씀이 생각나더군요. 1학년 때 일기를 배우면서 "이 글보다는 여러분이 쓰는 일기가 훨씬 더 훌륭해요"라고 하셨죠. 그 말씀이 그렇게 실감 날 수 없었습니다. 제가 다른 친구들 일기를 모조리 읽어보지는 않았지만 선생님께서 소개해주신 몇 편의 일기와 그것을 쓴 우리 정성을 돌이켜보면 그 진실성만은 어느 글에 뒤지지 않으리라 생각합니다.

못내 아쉬운 점은 선생님께서 아껴주시던(모두를 다 사랑하셨지만요) 아이들이 이젠 더 학교에 다니지 않는다는 것입니다. 3학년이 되니 자퇴서를 쓴 아이들이 꽤 됩니다. 여자아이도 있고요. 작년까지도 같은 교실에서 공부하던 아이들을 학교에서 볼 수 없어서 무척 마음이 아픕니다. 비정하기까지 한 이런 일을 언제까지 봐야할지 걱정도 됩니다.

전 선생님이 안 계신 우리 학교를 상상도 못 했는데 그런 일이 현실로 닥쳐오니 아무런 거부감 없이 있는 그대로를 받아들인 제가 신기하기까지 합니다. 모든 것은 제자리에 있고, 학교 일도 예전과 같이 돌아갑니다. 봄에는 백일장이 있었고, 가을에는 체육대회가 열리겠지요. 시화전은 잘 모르겠습니다. 아마 열리겠지요.

선생님께서 저희에게 주신 것은 너무 많은데 제가 할 수 있는 일이 너무 작은 데에 항상 죄송한 마음입니다. 항상 건강하시기 바라며 다시 편지 드리겠습니다.

1990. 8. 21. 신애선 드림

편지로 온 선물

이정연

중고 재학시절부터 독서와 사색을 많이 하고 편지를 자주 했다. 후에 연대 교육학과에 들어가서도 계속 소식을 전해 주었다.

선생님. 그동안 어떻게 지내셨는지요?

전 여름방학 동안에도 정신적인 압박감을 많이 받았어요. 졸업하고 계속 공부를 하려고 했는데, 힘든 고교 시절을 보내다 보니 졸업하면 직장이나 다닐 거라는 둥 별생각을 다 했어요. 하지만 직장인이 되어서도 공부를 계속 해야 한다고 느꼈어요. 인간은 생각할 수밖에 없는 존재니까요.

참. 선생님, '죽은 시인의 사회' 라는 영화를 보셨나요? 전 아직도 그 영화를 본 감동을 잊을 수가 없네요. 특히, 우리나라와 처지가 비슷한 미국 일류 고등학생들의 이야기라 그런지, 가슴에 많이 와 닿고, 참 마음이 아팠어요. 다시 한 번 제가 살아야 할 길을 생각해 보았어요.

방학 때 책을 많이 읽으려 했는데 그러지 못했어요. 영어 문고로 《모파상 단편집》과 스티븐슨의 《자살클럽》 이라는 책을 읽고 있어요. 빨리 대학에 합격해서 책을 많이 읽고 싶어요.

전 요즘 많은 문제에 부딪히고 있어요. 친구문제, 종교문제, 저 자신에 대한 문제, 공부 등으로요. 하지만 전 나중에 저처럼 마음 아파하는 아이들을 이해할 수 있을 거예요. 그들에게 제 경험을 얘기해줄 수 있다면, 이 고통도 그리 나쁜 것은 아니겠죠. 그런데 저는요. 마음의 문을 쾅 닫고 있어요. 그걸 알면서도 좀처럼 열어주려고 하지 않아요.

선생님, 제가 너무 심각한 얘기만 해서 죄송해요. 사실 제 나이엔 이런 사연이 많은 때이니까요. 선생님도 그러셨지요?

참, 방학 중에 학교에 가보니 5층 도서실 책을 다 정리해두었더라고요. 사서도 두었대요. 책 정리하면서 버린 것 중에서 옛날 우리 학교의 〈우리 신문〉과 〈Our Voice〉라는 영어신문을 발견했어요. 선생님 글도 읽었고요. 또, 학교에 오래 계신 선생님들 사진도 보았는데 참 재미있었어요.

선생님, 이제 곧 개학이네요. 앞으로 1년 반은 열심히 공부해서 꼭 좋은 결과를 맺고 싶어요. 학교생활도 원만히 잘하고 싶고, 아이들과도 잘 지내고 싶어요.

선생님, 이만 글을 줄여야 할 것 같아요. 언제나 건강하시고 후배들에게도 항상 좋은 말씀 많이 해주세요. 전 선생님께 배우던 시절이 그리워요. 그럼, 안녕히 계세요.

1990. 8. 16. 제자 이정연 올림

이정화

이대부중 50주년 기념 문집에 나에 대한 글을 써서 재회할 수 있었다. 그 후 서로 연락이 되어 우리 집에도 찾아오고 편지도 하며 지냈다. 한양여전 교수로 학생들을 가르치고 있다.

조남숙 선생님께

선생님 정말 소중하고 귀한 시간이었습니다. 지금은 새벽 한 시예요. 엄마가 자야 잠을 청하는 아기 때문에 이리 늦은 시간을 선택했네요. 시간이 더 지나면 이 감동이 잦아질까 봐 밤잠을 물리치고 펜을 듭니다. 정말 오랜만에 편지를 써보네요. 이것마저도 감사드릴 일입니다. 오늘 대화 중에 제가 새삼 확인한 것은, 정말 선생님은 제 생각의 지주셨다는 거예요. 어쩜 몇 시간 대화에도 한치 다름이 없는 어쩜 제가 선생님의 '세상 보는 시선'을 그토록 빼다 닮았는지… 자꾸 눈물이 난 이유는 이 넓은 세상에 생각을 공유할만한 사람이 많지 않음에… 너무 반갑고 외로움에 서럽고… 선생님, 정말 감사합니다.

교실 안에서 느꼈던 선생님의 향기는 사사로이 만난 선생님 댁에서도 그대로 느낄 수 있었습니다. 30년 만이었지만 선생님께서는 여전히 맑고 순수하시고… 정말 아름다우셨어요.

선생님께서 주신《흙처럼 들꽃처럼》을 읽으면서 선생님 가정의 영혼을 다 읽은 듯합니다. 어떻게 이리 서로 존경하고 아끼고 사랑하는 가족이 있을까⋯ 정말 부럽고 존경스럽습니다.

오늘 처음 뵌 김기철 선생님. 선생님 글 속에서 읽었던 '천진함' 이라는 표현이 정말 어울리는 분이셨어요. 두 분이 왜, 어떻게 만났는지 그냥 마음으로 읽혔습니다. 정말 뵙기에 좋았습니다.

선생님 전화를 받고 한 치의 망설임 없이 꼭 뵈어야겠다고 생각했는데, 정말 뵙기를 잘했습니다. 갑자기 제 맘이 아주 부자가 되었지요.

한참 고민이 많던 시절, '나는, 왜 사는가, 왜 공부하는가, 왜 남보다 더 좋은 위치에 있고자 하는가⋯' 등등의 생각으로 세월을 보내던 시절에 레오 버스카글리아(사랑학박사래요)의《Living, Loving, Learning》이라는 책에서 실마리를 찾은 적이 있었어요. "내가 가지려 애쓰는 것은 내가 가진 것을 다른 이와 나누기 위함"이라는 거지요.

선생님 말씀대로 '집중력과 성실함' 으로 열심히 살면, 내 주변을 돌아볼 여유가 생겨 '사람 구실' 하고 살 수 있어 좋을 듯합니다. 이 경쟁 사회에서 그래도 저 같은 성격의 소유자가 숨통을 트고 살아갈, 치열하게 성취해야 할 구실은 '나눔' 이었던 것 같아요. 누구처럼 희생하고 봉사하는 삶에는 아직 자신 없지만⋯ 제게 많은 것을 베풀어 주신 분께는 꼭 보답하고 싶고, 그렇게 '사람 구실' 하며 살고 싶어요.

문집 속 사진에서 선생님의 젊은 모습이 보여 정말 반가웠어요. 별로 변함이 없으시지만…. '삶과 일'이 이처럼 완벽하게 일치하는 인생이 얼마나 되겠습니까. 한데, 선생님 댁이 그러하셨어요. 믿는 대로, 생각하시는 대로 같은 모습으로 살아가시는 모습을 보면서 그 정갈한 삶의 향기가 너무 고고하고 아름답게 느껴졌습니다. 선생님 저도 선생님처럼 아름다운 가정을 일굴게요. 열심히 닮아가려 애쓰면 조금 흉내낼 수 있겠지요.

선생님, 오늘은 정말 행복한 날입니다. 제가 사간 쿠키를 맛있게 드셔 주셔서 정말 기뻤고요. 한결같으신 선생님을 뵈면서 제 마음의 고향을 느꼈어요. 정갈한 '보원요'에서 깊이 있는 인생이 무엇인지 느끼게 해주셨습니다. 무엇보다 건강하신 선생님 모습이 제일 좋았고요. 선생님 오래오래 사셔서요, 저 좀 지켜주세요. '진정 소중한 것은 보이지 않는 것에, 세상의 값으로 치환할 수 없음'을 제가 잊으려 하면 깨우쳐주세요.

잔잔한 빗줄기에 초록 녹음의 단정함이 더욱 돋보이던 보원요는 아마도 제 평생, 선생님께서 중 2 첫 국어 시간에 '만남'을 말씀하시며 칠판에 그려주신 두 개의 동그라미만큼이나 오래 기억될 것 같아요. 정말 아름다운 곳입니다.

다시 뵐 때까지 건강하세요. 김기철 선생님께도 제 감사의 마음… 꼭 전해 주세요. 정말 두 분 모두 멋쟁이세요.

2005.6.30. 제자 이정화 올림

유명희

내가 만난 모든 학생에게 국어교사로서 일기를 쓰도록 했다. 그러다보니 학생들의 보이지 않는 내면 세계와 만날 기회가 자주 있었다.

유명희는 가정 형편이 조금 어려웠고 그래서 한글 맞춤법, 띄어쓰기 등이 전혀 훈련이 안되어 있었다. 그래도 그 내용 속엔 엄마에 대한 따뜻한 정과 고운 마음이 담겨 있어 큰 울림을 주곤 했다. 칭찬하고 가까이 하다 보니 글씨나 글쓰기가 많이 나아지는 걸 편지로 확인할 수 있었다. 그를 통한 교육 체험과 자료가 내게 큰 도움을 주었던 제자다.

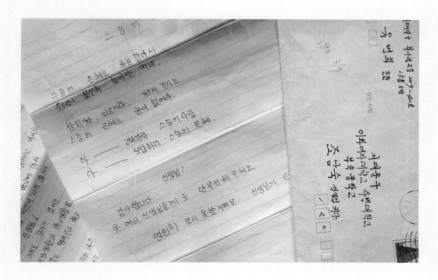

선생님 께

안녕하세요?

신록의 계절 5월 이여요. 점점마다 피어나는 무련 꽃도 한번 두번 시들어

이제는 무러운 여름인 것 같아요.

선생님, 이런 계절에 몸은 건강하시고 다어운 말씀 양부지 잘있는거요?

저는, 정말 네가 졸업한 학교에 가서 선생님을 만나 뵙고 싶지만

저에게 좀처럼 시간이 나지 않으니, 정말 죄송 합니다.

하지만, 선생님!

전, 그래도 긍지가 있어요. 남들은 학교생활을 하면서 즐거움을 갖지만

전, 직장생활과 학교생활을 하면서 자부심과 저도 더렇게 열하면서 학교를

다닐수 있는 명하구나 하고 생각 하면 너무 비자신이 대견하게 느껴질 때도

있어요.

하지만, 저는 아즉 학생이나 만큼 그래도 꾸지람도 많이 받아서 많이

울기도 했어요. 그리고 느꼈어요.

사회 생활 너무 정말 힘어들고 괴로운것 이라고 말였다.

하지만, 선생님!

전, 그래도 클복 하려는 양을 꺼여요. 저는 저나름대로 이험한

사회 생활을 뚫고 나아가서 정말 나도 할수 됬구나 하는 긍지을 느길수 있

게 열심히 할거여요.

선생님!

정말은 고맙습니다. 제가 이렇게 자신을 가질거은 다 선생님

의 좋은 말씀 때요 넘어나다. 정말 이은혜는 덧지 않겠습니다.

영원히요 - - - - -

선생님!

그럼 안녕히 계서요. (몸건강 하시 길을 - - - -)

1986. 5. 7.

제자 연희 올림

KWANG SIN CO.

선생님! 정말로 고맙습니다.
제가 이렇게 자신을 가진 것은
다 선생님의 좋은 말씀 때문입니다.
정말 이 은혜는 잊지 않겠습니다.
영원히요…

김주선 선생님

지역사회 교육협의회 사무총장으로 내 강좌 프로그램을 만들어 15년가량 지역사회교육을 할 수 있게 돌봐준 창의적이고 열정적인 종달새처럼 밝고 따뜻한 분이다. 그분이 있어 내 인생 후반기가 의미 있고 즐거웠음을 이 자리를 빌려 고마운 마음을 전한다. 김주선 선생님의 정성을 담은 많은 편지는 또한 내게 귀한 보물이다.

사랑하고 존경하는 조남숙 선생님께 ~

늘 환한 웃음과 따뜻한 말로 맞아주시는 선생님은
향기로운 들국화를 닮으셨습니다.

선생님은 태어나신 그 계절처럼 반갑고
산들산들 차지도 덥지도 않은 그 바람결처럼 맑으며
온 산천을 덮으며 피어있는 들국화처럼 곱고 아름다우십니다.

정성과 창의력으로 앞서서 참교육을 실천하신
선생님의 그 모든 노력이 이 땅의 사람들에게
퍼져나가 언젠가 우리는 가치중심의 글쓰기 독서교육을
펼치셨던 선생님을 기리며 '조남숙 론'을 말하게 될 것입니다.

무엇이 볼만한 것인지 눈을 뜨게 하시며
무엇이 쓸만한 가치가 있는 것인지 마음을 열어주신 선생님
작은 실천 하나 하나를 할 수 있도록 이 땅의 사람들에게
심어주신 그 씨앗을 잘 키우고 전하여
이 세상이 좀 더 아름다운 사람들로 가득차도록
우리 손을 잡겠습니다.

어느덧 미끼지 않는 선생님의 70회 생신
진심으로 축하 올리며
뒤늦게 축하드림을 용서 하소서 …

2005년 9월 23일

선생님의 수양딸 김주선 올림

조두리 선생님

    현대문화센터에서 지역사회 교육협의회에 부탁한 프로그램의 일환으로 내가 그곳에서 강의할 때 만난 초창기 수강생이었다. 강의를 듣고 편지를 주고받으며 좋은 이웃이 되었다.

    후에 홍대 근처에 학생들이 마당에서 마음껏 뛰놀고 책을 읽고 글을 쓸 수 있는 '나무와 새'라는 작은 도서관을 만들어 학생들에게 인성교육을 시키는 실천적인 독서지도 선생님으로 활동하셨다. 지금도 가까운 이웃으로 좋은 책이나 편지를 서로 주고받는 아름다운 우정을 나누고 있다.

    내가 강의하고 수강한 입장이지만 지금은 오히려 내가 많이 배우고 있다. 좋은 인연들을 늘 고맙게 생각한다.

조남숙 선생님께

선생님. 그동안 안녕하셨는지요.

햇살이 많고 투명한 가을이 되었습니다.

늦게 피어난 백일홍(배롱나무) 꽃이 그 지점던 여름비를
견디고 이 맑은 가을 햇살 아래 행복해 보이는 날입니다.

저는 8월 부터 나오라서 작은 도서관 일은 그만두었습니다.

그동안 많은 분들의 도움을 받았지만 선생님의 덕이 가장 컸습니다.

독서지도를 처음 시작하면서 선생님을 만남으로써 마지막까지
긴장을 잃지 않고 아이들 마음을 살펴보는 것에 게으르지
않을 수 있었기 때문입니다.

수업은 그만 두었지만 아이들이 책을 빌리려 간혹 들리고
어머니 독서모임은 한 달에 한 번 만남을 가지고 있습니다.

이 집을 팔고 연희동으로 이사를 할 예정입니다.

짐들을 뒤면서 정리를 바르정을 하여 시간을 소연 합니다.

며칠 후면 추석입니다.

명절이 되면 주위에 있는 사람들을 돌아보게 됩니다.

고마웠던 분, 감사한 분, 미안한 사람들께 명절을 기리로
마음을 전할 수 있어서 좋습니다.

제가 읽었던 책 중에서 몇 권을 골라서
선생님께 감사한 제 마음을 조금이나마 담아서
보내드립니다.

2010. 9. 16   조두재 드림.

김두경 선생님

1991년 첫 강의에 우연히 광화문 지역사회 사무실에 들어와 잠깐 듣고 있다가 그대로 눌러앉아 지금까지 25편의 편지를 주고받는 이웃이 되었다. 삶에 대한 끊임 없는 탐구로 독서와 좋은 글쓰기를 통해 인간적인 변화와 성숙함을 전하고 있다.

어느덧 무더운 여름도 지나려 합니다. 덥다 덥다 하다 보면 어느새 가을이 와 있습니다. 세월의 속도가 무섭습니다.

안녕하세요. 오랜만에 글을 띄웁니다. 그동안 비록 글을 띄우진 않았지만 선생님은 마치 저의 긴 벗처럼 꾸준히 생각나는 분입니다. 일상, 어느 기억의 칸에서 보이게 안 보이게 밀어 올려지는 힘처럼 말이지요.

박 선생님이 고인이 된 것도 벌써 1년이 다가오나 봅니다. 선생님과의 인연으로 인사동에서 만나곤 했는데… 이제 그런 일은 있을 수 없는 일이 되었습니다. 선생님의 넘치지 않는 미소와 단정한 말솜씨를 부러워했는데…

사람이 세상에서 모습을 감춘다는 것. 익숙한 모습들이 어느 순간을 즈음하여 자취 없이 사라져버리는 것. 이런 현상들은 늘 기이합니다. 생각해보면, 죽음들의 인상이란 그동안의 관계들을 철벽으로 돌변케 하고 삶의 기억들을 조각으로만 흩뿌리게 하면서 오직 기억의 사람에게서만 머물러 있는 듯합니다. (저의 부모님은 '딸'의 사념 속에서 아직도 긴 죽음으로 흐르고 있습니다.)

그러다가 그 사람도 기억의 사람이 되어버리면 비로소 죽음의 완성에 이른다는 생각을 해봅니다. 결국, 삶이었던 영광은 가루로 부서지고 행여나 남은 자의 기억의 양해마저 얻지 못하면 즉시 소멸되면서 세상에서도 삭제를 이루겠지요. 그렇게 되면 애초에 없었던 사람으로 되돌려지고… (바다가 내뱉는 파도는 마치 그가 표출하는 그의 상념인 것처럼, 그러곤 바다는 조용히 잦아들고 세상도 다시 편편해지고. 사라진 것들은 있었던 적이 없던 것처럼)

이런 서늘한 인식은 제 주위 사람들이 바야흐로 떠나는 모습들을 차근히 보여주었기 때문이지요. 제가 죽음의 것들에 천착하게 된 것도 아마 말씀의 이치와 실증의 세계와의 명료성 때문일 것입니다.

저는 비록 절에 다니지는 않지만 부처님을 좋아하는 사람으로서 그의 생각이 내려와 있다고 할 수 있는 편이지요. 떠 있는 사념들은 생각의 좌표가 되고 생활에 섞여들다 보면 사물들을 확연히 비추어주기도 합니다. 더 나아가 그것은 부처님 말씀과 홀연히 조응하는 기쁨에 이르게도 합니다. 확실히 그것들은 서로를 해석해주고 보완해주는 앞뒤 양면 같습니다. 펼쳐진 현실이란 말씀에 대한 끊임없는 영상 같습니다. 모두의 현상은 말씀을 물증으로 보여주는 확증의 세계 같았고, 말씀은 그에 대한 요약본 같다고나 할까요.

숙서 선생님 생각하다가 이상하게 흘렀습니다. 항상 그렇게 되곤 하지요. 생각해보면 선생은 좀 남다른 마무리였다는 생각이 듭니다. 성격처럼 너무 깔끔한 모습을 보여주었지만 가까운 사람들은 얼마나 힘든 일이었을까요. 그러고 보니 선생님께서는 제자를, 저는 선생이라는 벗 하나를 잃었으니 두 개의 슬픔으로 남게 되었습니다.

입추가 지났으니 곧 겨울이 오겠지요. 계절은 자리도 없이 머물다가 새처럼 흔적없이 사라지네요. 겨울 하늘에 여름 흔적 없으니 봄 역시 그러하겠지요.

　저는 지난 5월에 배낭여행 다녀왔습니다. 파리를 시작으로 몇 개국을 돌았죠. 다음 편지에 여행 얘기해드릴게요. 선생님도 파리에 다녀오셨다고 들었습니다. 잠깐 여행의 피로감을 언급하셨던 것 같은데 지금은 괜찮으시겠지요. 영원토록 '딸' 네 집에 가셔야 하니까 영원토록 건강하셔야 합니다. 아름다운 둑길도 걸으시면서요. 저도 스트레칭하면서 이만 줄이겠습니다. 안녕히 계세요.

2015. 8. 5. 김두경 드림

정용숙 선생님

우연히 지역사회에서 내 강의를 들은 교육과 후배로 강의를 듣고
소감을 적어내도록 했는데, 후에 보내온 글이다.

조 남숙 선생님께.

김 용택님의 시처럼,
            이게 아닌데
            이게 아닌데
            사는게 이게 아닌데

이러다가 훌쩍 시간이 흘러가 버렸습니다.
그렇다고 해서 흘러간 시간속에서 건져올릴 것이 없는 것은 아닙니다.
올해초 스스로에게 약속했던대로 50권의 책을 읽어냈습니다. 그리고 또 하나
지역사회교육회관에서 듣고있는 글쓰기 강좌를 듣지 않을 수 없습니다.
책읽기는 살림과 육아에 묶인 자신을 위안삼기 위한 것이었고 글쓰기 강좌는
커다란 용기를 필요로 하는 일상 탈출이었습니다. 사람들과 만나서 세상을 접하는,
글쓰기 강좌는 그것에 대해서 알고 배우는 과정이 아니라 차라리 '자기를
알아가는 과정'이라고 해야겠습니다.

그곳에서 처음 선생님을 봤었지요.
지금껏 모두들 선생님의 밝은 웃음, 나지막하지만 또랑또랑 하신 음성을
잊지 못하고 있습니다.
저도 언젠가 Little Tree 에게 스며든 교훈적인, 감동적인 이야기를
여럿이 함께 나누고 계실 선생님을 떠올립니다.

항상 건강하시고 하느님의 축복이 함께 하시길 …

                        지역사회교육협의회 글쓰기 지도자과정 (14기)
                        교육학과 84, 정 용 숙 올림.

도자기 가마 이웃

  경기도 광주시 곤지암에서 30여 년 남편이 도자기를 만들며 가마를 운영하다 보니 도자기를 배우거나 가마에서 일을 돕거나 손님으로 찾아와 가까운 이웃이 되어 몇 십 년 동안 가족처럼 친근하게 지내는 분들이 여러분 계신다. 이곳에 그중 몇 분의 편지를 실었다.

  특히 20여 년 한 식구로 가마 안팎일을 돌봐주고 살림을 돌봐주는 오용환, 장명희 두 조카 님들의 노고가 크고 그들의 헌신적인 노력으로 가마가 잘 운영되고 있음을 고맙게 생각한다.

조남숙 선생님께

늘 언제나 뵈도 선생님의 그 그윽한 향내가 느껴지곤 합니다. 조용하면서도 힘이 있고 부드러우면서도 연약하지 않은 여러 가지 것들이 선생님의 향기를 만드는 것 같습니다.

어디를 가든, 모르는 사람 앞에서도 저를 자랑스럽게 소개해 주시는데 그때마다 저는 '열심히 살아라' 라는 말씀으로 듣고 있습니다.

선생님의 따뜻한 격려 덕분에 이나마라도 살아오지 않았나 싶습니다. 감사드립니다. 이 글을 쓰면서 갑자기 눈물이 핑 도는 것은 아마도 선생님께 많은 은혜를 받고 있기 때문인 것 같습니다.

1999. 12. 27. 김정숙 올림

선생님, 그리고 사모님께

선생님 사모님 두 분께서 늘 따뜻하고 너그럽게 감싸 주시고 용기를 주시면서 든든함을 주시는 아름다우신 마음에 한 해를 보내면서 고마운 마음 가슴 깊이 잊지를 못합니다. 진심으로 감사드립니다. 지난날에 느끼지 못했던 기쁨과 행복, 희망과 보람이 무엇인지도 알게 되었습니다. 이제는 마음이 든든하고 걱정이 없고 앞으로 살아가는데 거침이 없이 서광이 비치는 듯 편안해집니다.

매일 아침 떠오르는 일출을 바라보면 눈이 부시도록 찬란하고 제정신을 긴장시키고 머리를 맑게 정화해줍니다. 그렇게 하루를 시작합니다. 하루를 보내고 어쩌다 서쪽으로 지는 해를 바라보면 왜 그리도 아름다운지 세상이 다 좋게 보이고 마음을 평안하게 승화시켜 황혼이 질 때까지도 바라보면서 많은 생각과 좋은 인연을 떠올려 봅니다. 너무 고마운 분들 잊지를 못할 것 같습니다.

올해에도 또 새로운 분들 인연을 맺어주셔서 땅속 귀족이라는 귀중한 인삼을 만지고, 정과 공부를 하게 되어서 너무나 기쁩니다. 인삼 생긴 모양을 보면 정말 사람 모습과 너무 닮아서 정과가 되기까지 또 내 인생에 반조를 해볼 것 같은 느낌이 들어요.

존경하는 선생님, 그리고 사모님! 참으로 고맙습니다. 두 분께서 아낌없는 격려와 보살핌으로 도와주셔서 이 자리까지 오게 되었습니다. 저로서도 생각조차 할 수 없는 행운이고 영광입니다.

앞으로 3백 년, 3천 년이 지난들 제가 어떻게 그 은혜를 잊고 살겠습니까? 선생님, 사모님! 제가요. 열심히 노력해서 정직하게 성실하게 살면서 보답하겠습니다. 기쁨과 용기를 주시면서 순간순간 깜짝깜짝 놀라게 보람을 느끼게 해주실 때가 참으로 한두 번이 아니예요.

　　앞으로는 더 노력해서 저를 필요로 하는 좋은 분들께 좋은 작품으로 올릴 것입니다. 너무나 훌륭하신 분들이기에 더더욱 긴장하면서 살 것입니다.

　　선생님! 앞으로는 떡고물이 아니라 인삼 뿌리가 뚝뚝 떨어질 거예요. 제가 받은 것이 너무나 많아서 가슴이 벅차지만 열심히 노력하면서 잊지 않을 거예요.

　　아무쪼록 새해에는 더더욱 건강하셔서 선생님 가정에 행운과 행복이 가득하고 즐거운 새해가 되시기를 두 손 모아 기원합니다.

2001. 12. 31. 이신명 올림

삼촌 숙모님 새해 복 많이 받으세요.

지난 한 해도 두 분의 세심한 보살핌 속에 저희 세 식구 편안하게 지
낸 것에 진심으로 감사드립니다. 때로는 속상한 일이 많았음에도 별다
른 내색하지 않고 튼튼한 고목처럼 버티고 서서 모든 사람의 바람막이
와 그늘이 되시고 열매까지 나누어주어 오고 가는 사람들이 편안하고
즐겁게 쉬었다 갈 수 있도록 하는 것이 두 분께서만 지니신 인정 많고
따뜻한 마음속에서 나오는 것 같습니다.

올 한 해도 하시는 일마다 잘되고, 밝은 웃음과 젊은 사람보다도 활
력이 넘치고 건강한 모습으로 생활하시길 옆에서 늘 빌겠습니다.

새해 복 많이 받으세요.

2002.1.1. 삼촌 숙모님께 용환 올림

선생님, 사모님 내외분께

세월은 너무나 빨라 선생님 내외분과 인연을 맺은 지도 벌써 10년이 후다닥 지나가 버렸습니다. 그 긴 세월을 한결같은 마음으로 가족처럼 염려해주시고 보살펴 주셨기에 아이들이 많이 성장해 제 갈 길을 가고 저 역시 마음의 평정을 찾은 것 같습니다.

언제나 감사해하면서도 그 기대에 미치지 못해 죄송스러울 따름입니다.

선생님, 사모님! 정말 감사 드립니다. 새해에는 더욱더 건강하시고 행복하시기를 빕니다.

2004. 1. 20. 장명희 드림

조남숙 선생님!

"할 수 있는 일에 인색하지 말자!"라는 말을 신조로 삼고 있습니다.

직장생활 하면서 게으르고, 핑계 삼고, 어른 노릇하고… 저는 이런 직장인을 가장 싫어합니다.

할 수 있는 일을 가지고 체면과 주판 튕기면서 이기적인 자기 욕심을 차리면서 산다면 이 아름답고 멋진 사회가 얼마나 삭막하겠습니까? 저는 보원요 김기철 선생님 댁의 끝없는 자비심과 무한의 노력, 우리 것을 지키려는 고집과 근면하시고 순수하시면서 강직하고 청빈 그 자체의 삶과 생활을 보면서 '나도 나중에 저렇게 살 수 있을까?' 라고 반문해보기도 한답니다.

감히 제가 어르신들에게 '분에 넘치는 행동이나 모습을 보이지나 않았나' 하고 걱정할 때도 있습니다만, 남자는 사랑하는 여자를 위해서 목숨을 바치고, 여자는 보이고 싶어하는 남자를 위해 화장을 한다고 하잖습니까? 능력이 닿는 한 무한히 드릴 수만 있다면 이 생生이 다 할 때까지 지헌 선생님과 콩 한 쪽도 나누고 싶은 인연을 맺고 싶습니다. 그리고 몰라서도 갈 수 없고 볼 수 없고 먹을 수 없는 것이 우리네 현실입니다. 좋은 것과 좋은 곳을 이웃과 공유하면서 살 수만 있다면 풍요 속의 삶과 부자의 나라가 될 수 있다고 봅니다.

조남숙 선생님의 너그럽고 인자하신 어머니상에 저는 이런 생각을 합니다. '송련이도 나중에 김기철 사모님처럼 살 수 있을까?' 라고 말입니다.

보원요에 다녀오는 길엔 늘 새로운 각오를 합니다. '그래, 이렇게
아름답게 나도 살아야지…'

건강하세요. 늘 선생님에게 감동하고 있습니다. 표정과 말씀 그 자
체가 저에겐 공부가 된다는 것 알고 계세요?

2002년 1월 송련 올림

선생님께

　자주 문안 인사드리지 못함에 용서를 구합니다. 항상 좀 더 좋은 소식을 알려드리고 싶어 차일피일 미루다 보니 금방 시간이 흘러갑니다. 다만 강조하고 싶은 것은 잠시도 곤지암 가마 식구들과 선생님 내외분 생각에서 벗어나지 않는다는 것입니다. 감기 드시지 않게 따뜻하게 하시고 차가운 겨울 지나시길 빕니다.

　저의 인생에서 바른 방향으로 이끌어주시고, 또한 앞으로도 튼튼한 삶의 버팀목이 되어 주실 거란 믿음 하나로 인사를 대신합니다. 고마움과 감사함을 함께 하며 존경하는 선생님께 글 올립니다.

2005. 12. 20. 장형진 올림

선생님 사모님께

　지난해에도 멋진 시간을 보내게 해주신 선생님 사모님께 감사드립니다. 일주일 중 가장 기다려지는 시간이 곤지암에 가는 날입니다. 봄이면 안개 속에서 갖은 꽃이 피어나서 향기를 보내고, 한여름이면 꽃들의 여왕인 연꽃이 자태를 뽐내며, 가을에는 형형색색의 화려한 단풍이, 겨울에는 눈 쌓인 산의 고적함을 보여주던 곤지암 앞마당을 사랑했습니다.

　또한, 사모님께서 낭송해 주시던 좋은 글들, 특히 사모님 제자 최진원 씨의 편지는 눈물을 흘릴 정도로 감동적이었습니다.

　그리고 도자기를 빚을 때는 저에게 무엇에 비할 수 없는 기쁨을 주는 시간이었습니다. 제가 빚은 어설픈 모양의 질그릇이 선생님의 말씀한마디, 손끝 한 번의 스침으로 멋진 작품으로 변신함은 마치 신의 손이 닿은 듯 하였습니다.

　너무나 미숙한 저에게 이 많은 기쁨을 누리게 해주셔서 정말 고맙습니다. 새해에도 건강하시고, 늘 좋은 일만 가득하시길 바라며 더 많은 가르침 부탁 드립니다. 안녕히 계십시오.

2006. 1. 5. 무량광 올림

조남숙 선생님께

　며칠 전 지나는 길에 우연히 천연염색공방을 들렀습니다. 마침 마당
에 잿빛 염색천이 가득 걸려 있었습니다. 간만에 맑은 하늘과 짙은 잿
빛이 마음을 고요하게 했습니다. 공방 주변을 둘러보고 전시실을 구경
하던 차에 한쪽에 있던 쪽빛 스카프가 눈에 띄었습니다. 은은한 쪽빛
에 끌려 펼쳐보니 청량함과 순수한 빛깔이 맘에 가득했습니다. 이 마
음을 누군가에게 드리면 좋겠다 생각했는데 선생님 생각이 났습니다.
늘 세세한 부분까지 신경 써주셔서 감사의 마음을 전하고 싶었는데 그
빛깔이 이거다 싶었습니다. 공방 뜰에서 자란 '쪽'으로 염색한 거라
만든 이의 정성과 그 쪽빛도 아름다워 보였습니다. 그 순수함과 정성
에 제 마음도 보탭니다. 그동안 주신 마음만큼은 드리지 못해 염치는
없지만 좋은 마음 가득 담아 드립니다.

2013. 7. 29. 박정원 드림

선생님 그리고 사모님께

꽃 피는 3월이 되었습니다. 카페에는 벌써 진달래와 매화가 활짝 피었고요! 조금 더 따뜻해지면 바람 쐬러 한 번 오서요. 지난번엔 저희가 갔으니 이번엔 두 분이 내려오실 차례입니다. 하하하.

요즘 이 사람은 선생님 책을 다시 한 번 읽더니 어서 커피랑 쿠키 좀 보내드리라고 야단입니다. 작업하시다가 쿠키 한 조각에 커피 한 모금 하시며 봄을 맞이하시길….

2015. 3. 4. 순천에서 백종창, 윤다운 드림

"인간은 항상 단순한 것에서 출발해서 복잡한 것으로 옮아가며, 결국 큰 깨달음을 통해 단순한 것으로 되돌아간다. 이는 인간의 지성이 거치는 과정이다."

— 볼테르

    선생님 내외분을 떠올리기만 해도 마음이 따뜻해집니다. 아름다운 보원요로 매번 불러주시고 찾아뵐 때마다 환한 미소로 맞아주셔서 감사합니다. 함께 한 즐겁고 행복한 시간들이 삶에 큰 위로가 되고 많은 것을 깨닫고 배우는 계기가 되었습니다.

    선생님 내외분과의 만남을 허락해준 신에게 감사하며 새해에 더욱 건강하시고 행복하시기를 바랍니다.

    새해에도 선생님의 밝은 웃음소리와 사모님의 아름다운 미소를 자주 볼 수 있는 행운을 기대합니다.

자연과 잘 어우러진 조화로운 삶을 직접 실천하시고 주위의 많은 분에게 따뜻한 마음과 밝은 기운을 나누어주시는 선생님 내외분을 뵐 수 있는 행운에 항상 감사의 마음을 가집니다.

보원요를 찾아간 지난여름 이후 1년 반의 시간은 저희 내외 삶의 행적을 맑고 긍정적이며 넓고 새로운 세상으로 나아갈 수 있게 해주었습니다.

선생님이 인도해주신 여러 분야의 새로운 인연에 감사드리며 베풀어주신 은혜에 보답하기 위해 타인과 사회를 위해 공헌할 수 있는 능력과 믿음을 키우면서 열심히 살아가도록 노력하겠습니다.

새해에도 선생님과 사모님 모두 항상 건강하시고 두루 평안하시어 뜻하시는 모든 일이 순조롭게 잘 이루어지기를 기원합니다.

2014. 2. 28. 이경희, 김만조 올림

4

가족 편지

가족, 친지

　김미현 – 피에르 코엘로 큰딸 내외, 김민호 – 최진아 큰아들 내외와 김상원 큰손자, 김규호 – 이연주 작은아들 내외와 김효원 – 김경원 손녀 손자 남매. 모두 아홉 자손이 우리 내외 김기철 조남숙에게서 시작된 친족 열한 명이다.

　가족 상호 간에 주고 받은 편지와 아이들이 결혼해서 새로 생긴 사돈댁 편지가 몇 통 담겨 있다. 큰딸 시댁은 프랑스 분으로 말도 안 통하고 먼 거리에 떨어져 있어도 수시로 불어로 편지 쓴 것을 딸이 번역해서 보내주어 무척 가깝게 느끼고 있다. 그 댁 정원에서 딴 호두를 껍질을 까서 해마다 우리 집에 모두 보내주어 일용할 양식으로 삼고 있어 늘 고마운 마음을 지니고 있다. 특히 두 돌 갓 지난 손녀를 놓쳤을 때 불어로 써서 보내주신 따뜻한 위로의 시는 잊을 수 없다.

　친척 중 조카 김지호, 김혜린 (가영)의 편지에서 진정성과 성실성을 느낀다. 한의사가 된 지호가 올 가을에 좋은 짝을 만나 결혼하게 된다니 기쁘고 기특하다.

〈규호네 이야기〉 (1979년)　　　　　　　〈흙처럼 들꽃처럼〉 (1994년)

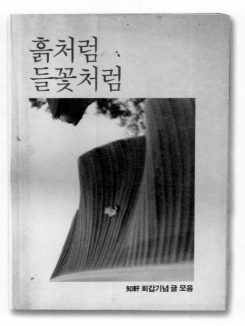

우리 가족은 소통의 수단으로 기념일이나 특별한 행사, 연말연시, 생일 등에 카드나 편지를 어려서부터
주고받았다. 나는 그것을 모아 두었다가 두어 차례 가족 문집을 엮기도 했다.
그런 생활이 가정의 문화가 되어 지금까지도 이어지고 있고 비교적 아이들이 외국에 오래 머물고 있어
도 일기 쓰듯 자기 속내를 드러내주어 서로를 이해하고 가깝게 느끼고 있다.

미현, 민호, 규호 삼 남매의 엄마에게

카드까지 사다 주는 자상한 아내이며, 극진한 엄마에게 미안한 생각이 앞서는구려. 어느새 30년 가까이 10년을 하루같이 살아온 우리가 쑥스럽게 이러고 저러고 늘어놓기보다는 오히려 지나온 세월을 반추하며 묵묵히 바라볼 수 있는 것이 어떨까하는 마음도 드는군요.

생각하면 모든 것이 고맙고 고마울 뿐이야. 나같이 별다른 이렇다 할 좋은 점을 갖추지 못한 위인에게 늦바탕을 초라하지 않게 살아갈 수 있는 온갖 축복이 함께하고 있다는 사실은 꿈같은 일이지. 아마 많은 사람들이 우리 집을 부러워하고 행복한 가정의 전형처럼 생각하는 것은 누구보다도 안주인의 넉넉한 마음 씀과 이해심에서 비롯됨이 틀림없는 사실이겠지.

내가 명색은 남자이고 가장이지만 어찌 보면 너무 지독스러운 졸장부에 불과하고 때때로 옹졸한 마음을 움켜쥐고 고집불통인 거지. 나이 들면서 좀 너그러워져야겠다고 자책하면서도 그게 그리 쉬운 일이 아니군. 아무튼 우리가 그동안 단란한 집안을 꾸리며 알뜰하게 살아갈 수 있었고, 나름대로 남 부러운 것 없이 아들딸 잘 키우고 발전해올 수 있었던 것이 절대적으로 아이들 엄마의 덕이지요.

물론 온 식구들이 한마음으로 단합해서 성실하게 애쓴 것도 적잖은 힘이 되었지만 위로는 하느님의 축복이 함께해 주셨다는 것을 믿지 않을 수 없는 일이지. 다만 우리가 잘나고 똑똑해서 무엇이 이루어지고

체코 프라하 식당에 있던 그림 앞에서 큰딸 미현이가 촬
영해준 우리 부부 사진. 우리도 이 그림 속 인물 중 한 사
람 같아서 내가 좋아하는 사진이다.

있다는 자만 같은 것이 행여 자리 잡지 못하도록 피차가 일깨워야 할 것 같아.

늘 검소하고 겸허하며 소위 '주제 파악'을 잘해서 무리가 되는 짓은 삼가야 하겠는데, 세상 삶이 그게 그리 쉬운 게 아니어서 문제가 될 수도 있는가 봐. 그러나 우리는 비교적 터무니없는 짓을 하는 체질은 아니니까 걱정 없어.

이제는 할아버지 소리 듣는 것이 예사로 되어 있고 인생 황혼기, 무엇보다 의욕 잃지 말고 건강한 몸과 마음으로 더욱 열심히 사는 법을 배울 때라고 생각하게 돼. 나야 일 복잡하게 생각 않고 단순하게 사는 체질이라, 대체로 마음 편안하고 몸 건강하게 움직이며 맛있게 먹고 잘 자는 습성이 돼서 걱정할 게 없는데 '마나님'은 늘 먹지를 않고 너무 신역 고되게 아이들 일, 집안일, 학교 일을 해야 하니, 무슨 방도가 나와야겠다고 생각을 때론 하게 돼요.

건강이란 어쩔 수 없이 본인이 신경 써서 나름대로 유지하는 법을 배워야 하리라 믿는데 남편이라는 게 좀 세심하고 아내 보살피는 것 좀 알뜰히 하면 좋으련만 그렇지 못해, 그 점이 아쉬운 게 아닌가 싶네. 어떻든 앞으로 늘 아프지 않고 건강하게 지내는 것에 신경을 써야겠다는 거야. 우리 문제는 그것뿐….

그런데 더 중요한 것은 아이들 잘되는 일이겠지!

우선 미현이 신랑감 구하는 일인데 언제 어디서 튀어나올지 걸기대

야. 미현이는 아주 좋은 녀석을 만나 제가 가지고 있는 재질이며 포부
를 마음껏 펼칠 수 있고 그 덕에 우리도 호강도 하고 입에 침이 마르도
록 자랑도 할 수 있었으면 좋겠어. 불란서 공부가 아직 요원하게만 느
껴져 지금으로써는 명확한 판단이 안 서는 거야. 제발 그 가시내가 홀
딱 반하는 녀석에다 그 녀석도 미현이 아니면 죽고 못사는 천생연분이
하루속히 나타나기를 빕시다.

그리고 민호도 계속 공부하기를 원하고 제 딴에는 부지런히 공부하고 있으니까 장래가 촉망되는 것은 사실이야. 커갈수록 능력 발휘를 하는 것 같고 친구 관계나 대학생활도 다양하게 잘해왔으니까 내 아들이라도(우리 아들) 어디 내놔도 부끄럽지 않으니 얼마나 고마운 일인가! 이제는 다 키워놨다는 안도감이 드는 것이 민호지.

끝으로 규호가 아직 어리고 앞으로 대학 진학이 어찌될지 마음이 쓰이는데 그 애는 걱정할 것 없을 것 같아. 어떤 형태로라도 제 몫은 훌륭히 해내리라 여겨지니까 비록 공부 좀 떨어진다고 그것만 가지고 야단칠 것은 없을 것 같아요. 앞으로 2년이라는 세월이 있고 그 애 특기를 살려서 그쪽으로 키우는 방법도 생각할 수 있을 테니까. 저희 누나 형이 잘했는데 규호라고 못할라고?

우리는 이 세상에서 제일 다복하고 행복한 부부야. 비록 베르사유 궁전 구경 가다가 더럽게 쌈박질은 했지만… 그리고 때때로, 아니지 가뭄에 콩 나듯 병아리 쌈하듯 의견 충돌이 있긴 하지만…

그런 거야 삶의 묘미, 양념이라고 나는 생각해. 베르사유 쌈박질은 양념이 너무 지독해 재채기, 콧물, 눈물이 쏟아졌지만 그것으로 나름대로 경험 하나를 넓혔고, 반성할 계기도 됐을 테니까 말이지.

앞으로는 우리 자식도 중요하지만 이웃을, 우리 힘이 요청되는 이웃에 더욱 마음 써줄 수 있고 거기로부터 또 다른 기쁨을 받을 수 있도록 합시다. 결코 내 몸뚱이 하나, 내 새끼만 아는 테두리에서 벗어나 능력 닿는대로 더 큰 뜻을 따르기로 합시다.

쓰다 보니 된 소리 안된 소리 늘어놨는데 취사선택하길! 30년에 좀 빠지는 결혼기념일에.

1987. 12. 11. 남편

잘 익은 홍시 같은 상원이, 효원이 할머니께!

문득 이때를 맞이해서 뭘 하나 써야겠다고 펜을 드니 막상 어디서부터 무엇을 먼저 써야 할지 모르겠습니다. 설령 미현이가 있는 파리를 두 발로 걸어서 산 넘고 강 건너 굽이굽이 돌아서 찾아간다면 그 까마득하게 멀고 먼 길을 어느 세월에 당도할까 싶지만 버스보다도 몇 백 배 빠른 비행기로 가면 하루의 반도 안 걸리는 것처럼 70년이라는 기간이 길다면 무던히도 길고 짧다면 눈 깜빡할 사이 찰라 만도 못하다는 것을 새삼스럽게 느끼게 됩니다.

아무튼, 그 세월을 '인생 칠십 고래희古來稀'라고 귀하디귀한 시점을 지나게 된다는 것 자체만으로도 얼마나 크나큰 축복인지 모를 일입니다. 왜냐하면, 우리 주위에 수많은 사람들이 선 감 떨어지듯 어느 사이 사라지고 말았으니 말이지요. 지금 가만히 돌이켜보면 이루 다 헤아릴 수 없는 일들이 끊일 날 없이 벌어지고 사라지고, 그게 우리가 사는 과정이었던 것 같습니다.

그렇지만 그럴 때마다 다행스럽게도 잘 이겨내고 의욕과 용기를 잃지 않고 최선을 다해 헤쳐나온 것을 생각하면 새삼스럽게 고맙기 짝이 없습니다.

상원, 효원 남매의
칠십 고희를 축하한다

2005. 9. 1.

잘 있는 홍세맑은, 상민이, 슬기야
함께 니께!

　문득 이 때를 11곳이해서 물위나 써야겠나
때를 드기 막상 어머니 무러 무엇을 먼저 써야
말지 모르겠구나니라. 설령 꽃필이가 있는
Paris를 드넓은 걸거리 산 넘고 강건너 구비구비
돌아서 겉으아 걸리면 그까짓들에~ 멀고먼 길을
어느세월에 당도할까 심지어 <u>비행기로 가는</u>
<u>제호보다도 몇방 州呵를</u> 중이라다는
기간이 걸리며 '무디레도 걸고 잠차다로
느갓빠앍 사이 잘리기는 못하다는 것들
세심 느갓에 느까게 담기라.

　이마즘 그 세워를, '인간 철쏨 그래의' 라다
지라기 키반 샂럼을 지네 러라는 것 天체
바으로도 열버나 조니국 착운처림인지 몰을
일일이라. 왜나라믄 우리 주위에 수많은
사람들이 신각 떠러지듯 어느새이 사라지
고 맘았으니 "얼이지 요. 지금 가만히 돌여
보따 이룩따 헤이락수 없는 일들이

우리가 서울 살림을 시작할 때 맨손이나 다름없었습니다. 우리가 지금 궁색하지 않은 노후를 편안하고 활력 있게 살 수 있다는 것은 특전입니다. 옆을 돌아다보면 대개가 병들고 힘들어하는 모습이 느껴집니다. 비록 상원이 말마따나 뒤뚱거리고 삐쩍 마른 뼈대만 엉성하지만 큰 불편은 없지 않습니까? 이만하면 사지가 멀쩡하고 잘 먹고 잘 자고 잘 움직일 수 있으니 그저 고맙고 고마울 따름입니다.

나는 적어도 이만하면 잘 살아왔다고 자부할 수 있습니다. 물론 내 주제로 봐서 하는 얘기입니다만 때로는 '나만큼 복을 많이 타고난 사람이 어디 있어?'라고 더 이상 바랄 것 없이 만족하고 감사합니다. 자칫 교만한 생각이 튀어나왔는지 모를 일이지만 근래에 와서는 더욱더 고마운 마음이 넘쳐나는 것을 수시로 느낍니다. 우리 아들딸 삼 남매, 미현이 제 하고 싶은 일 성공적으로 잘 해내서 세계적인 사진작가로 이름을 떨치고, 민호는 학문의 세계에 들어가 그만하면 잘 살고 있고, 규호 또한 제 소질을 발휘하며 누구보다도 건강하고 단란하게 살고 있으니 말입니다.

그리고 착하고 똑똑한 피에르 더 이상 건실할 수 없고, 상원 어미 밝고 활달하게 제 공부 열심히 하며 살림 규모 있게 해나가지요. 효원 어미 또한 착실하고 아름답게 사는 모습이 얼마나 보기 좋은지 모릅니다. 상원이 건강하고 의욕 넘치고 매사를 적극적으로 잘 해내는 큰 그릇으로 태어나 우리 집안의 인물이 될 게 분명하고, 효원이는 아직 백

일이 안 됐지만 예쁘고 다부진 것이 우리의 기쁨입니다.

우리 또한 우리 곁에는 진정으로 우리를 아껴주는 좋은 분들이 있어서 어느 때보다도 흐뭇하고 각별한 인정을 나누며 살 수 있다는 것이 크나큰 기쁨이 아닐 수 없습니다.

늙으면 늙은이 냄새난다고 자식들, 손자들도 피한다는데 그렇게 되지 않도록 기도해야 하겠지요. 나처럼 까탈스럽고 인색한 인간이 노력한다고 될는지, 그것만큼은 자신이 없습니다. 가만히 따져 보니 입을 열어 나오는 말 대부분이 남을 약 올리고 욕하는 것이니 창피한 노릇입니다.

그렇지만 옆에 사려 깊고 후하고 현명한 내조자가 있으니 크게 걱정할 문제는 아니라고 믿고 있습니다. 우리가 지금 이만큼 이웃과 집안과 조화를 이루고 살 수 있는 것은 전적으로 일흔 살 마나님 덕분임을 새록새록 깨닫습니다.

생각해보면 젊어서부터 오직 자식들, 집안을 위해 헌신적으로 살아왔다는 사실이 가장 큰 복이며 위안입니다. 그래서 그런지 사람들마다 "사모님 덕에 선생님은 잘 사시는 거예요!", "사모님 아니면 맹탕이구먼!"하면서 못들을 박는 모양입니다. 솔직히 이런 소리 들을 때 비위가 틀리고 "개떡 같은 소리 말라!"고 소리를 지르지만, 그런 말이 사실인 것 같습니다. 아무려면 어떻습니까? 네 덕에 잘 사나 내 덕에 잘 사나 결과적으로 잘 살면 그만이지 싶으니 만사가 '띵 호아!'입니다.

정을 잘 삽는 래는이지 싶으니 6
빤새가 땡 호아 없따.

어뜨지 늦기 않았따고 시간들이 이구
통남으로 어법어글 찔고 있다고 즉득실
때 여즐을 입데 장어라는 새울의
복쩌이 숨금 들어라 입이득, 기억히
때 억제작 벽더는 내가 여즈 느러지드
멘 약삭 갈이 여약여즉 대드는 여릇이
숨어 여라고 말았더. 나이가 들기 더라기
위저니 그런지, 이즉 그러려어 들기히니
그런지, 어니고 늙음이 완성해니 빠즉은
것인지 때간시람처럼 조용해스 오는 복오
리로 미소짓고 여드래를 한 오라고
가끼어 억때끼라 입니 드기 들맛세운
시실 인걷 같쓰다.

걸를 짹으로 우리 집아어 이렇게 데뽁히
게 삼느 아쓰이것을 집쩡으로 다끼는
니다리 복한 인잗을 사는 대왕 대비까

아무리 늙지 않았다고 사람들이 이구동성으로 입방아를 찧고 있어도 주무실 때 얼굴을 보면 70이라는 세월의 흔적이 손금 들여다보이듯 서려 있어 애틋한 연민의 정을 누를 길 없습니다.

또 언제 적부터는 내가 버럭 소리 지르면 악착같이 버럭버럭 대드는 버릇이 숨어버리고 말았어요. 나이가 들어 너그러워져서 그런지 아주 그러려니 포기해서 그런지, 아니면 늙은이 불쌍해서 봐주는 것인지, 딴사람처럼 조용하고 고운 목소리로 미소 짓고 있는 사실에 스스로 의아할 때가 있습니다. 아무래도 만 50년 가까이 부대끼고 보니 도가 튼 것만은 사실인 것 같습니다.

결론적으로 우리 집안이 이렇게 다복하게 살 수 있는 것은 전적으로 너그러운 마음과 후한 인정을 쓰는 '대왕 대비마마'의 지극한 정성 때문이라 믿고 건강하고 활력 넘치고 즐거운 여생이 되기를 두 손 모아 빌고 있습니다.

2005. 9. 10. 상원, 효원 할아비

엄마, 아빠, 규호에게

장난처럼 생각한 전시회를 준비도 하기 전에 모든 사람에게 말해버려서 이제는 발도 못 빼는 상황이라 발등에 불이 떨어졌어. 초대장 만들고, 사진들 만들고, 대접할 음식 장 보고, 방 정리하고, 사진 걸고 하려면 시간이 빠듯해.

사진전 제목을 뭐로 할까 고민하다 마릴렌느와 사진 보고 생각나는 단어를 나열해봤지만 결국 못 정했어. 다음 날 아침에 일어나서 'Ciel de Verre'가 맘에 들어 그걸로 정했어. '유리의 하늘'이란 뜻으로 우리가 생각해낸 단어 72개 중에서 고른 거야.

　　초대장에 뭐라고 쓸까 하다가 그것보다는 단어로 열거하는 게 보는 사람에게 생각의 여지를 줄 것 같아서 72개 단어 중에서 몇 개를 골라 인사말을 대신 했어.

　　Transparence : 투명성, Mirage : 신기루, 환영, Interieur: 내부, Lumière: 빛, En Mai: 5월, Perle de Mai: 5월의 진주, Primevère: 앵초, 봄-이탈리아어, Obsession: 사로잡힘, 집념, Repetition: 반복, Image: 영상, 이미지…

　　초대장은 모두 손으로 종잇조각을 찢어 만들어서 똑같은 게 하나도 없어. 15부만 만들었어. 아빠 말씀대로 내가 파티 체질인지 사람들 모여서 떠들고 마시고 할 생각하면 기분이 좋아. 돈이 어떻게 될지 모르지만 폼 나게 새로 옷이랑 구두 사서 입고 신고 즐겁게 나의 28세 마지막 날을 보내고 새로운 29세를 맞이하려고 해.

얼마 전부터 우리 반 남자애와 죽이 너무 잘 맞아서 애가 여러 가지로 도와주곤 해. 생전 말 한 번 안 하던 아인데 우연히 방혜자 선생님 전시회 갈 때 지하철을 같이 타서 전시회까지 같이 갔다가 친해졌어. 21세인데 규호 보는 느낌이야. 학교 반 친구와는 두 명 더 친해져서 처음에 느꼈던 거북하던 학교 생활이 많이 나아졌어.

또 시간 나는대로 연락할게. 모두 건강하시고 좋은 봄 누리시기를…

91.4.24. 파리에서 미현

보고 싶은 엄마, 아빠, 규호에게

전시회 끝나고 바로 소식 전한다는 게 이럭저럭 전시회 흥분으로 시간이 꽤 지났어. 한마디로 5월 1일 전시를 얘기하기는 어렵겠지만 '내가 뭔가를 해냈다'는 말로 압축할 수 있겠어.

사실 전시회를 위해서 사진을 따로 준비한 것도 아니었고, 그저 일주일에 한 번 있는 수업, 컬러 사진 현상소에서 한두 장씩 뽑아놓은 사진들(모두 17점)이 모인 것을 보여주는 기회라고 가볍게 생각했는데 의외로 일을 벌여 놓으니까 잔손 가는 일들이 있었어. 전시회 시작 직전까지 청소하고 해 붙이고 난리를 쳐서 손님을 받기 시작했으니까.

사진 액자는 두꺼운 종이 판자로 내가 직접 다 만들고, 하루는 마릴렌느가 직장을 안 가고 와서 거실 물건을 방으로 죄다 쓸어 넣고 벽에 사진 붙이는 일을 도와주고, 프랑스에서 컴퓨터 그래픽을 공부하는 수련이가 음식 장만 등 수고를 많이 했어. 승정 언니도 일찍 와서 김밥 싸고 도연이는 와서 유리창 닦고 손님이 오면서부터는 김밥 들고 왔다 갔다 하고. 이날 20명 가량 왔는데 사실 아파트가 좁아서 왔다 갔다 할 틈도 없었지만 말이야. 모두 화기애애하면서도 괜히 똥폼 잡지 않는 약간은 떠들썩한 웃음이 끊이지 않는 그런 분위기가 계속되었어.

온 사람들이 모여서 떠들고 술 마시고 밤이 어떻게 지나갔는지 모르게 완전히 기분 좋게 취해서 5월 1일 '데뷔'를 화려하게 했어. 2일 아침에 방혜자 선생님이 남편과 오셔서 사진 보시고 차 한잔 드시고 급

하다고 가셨어. 사진이 아주 좋다고 그림인지 사진인지 모르겠다고 하시면서 이러다 그림으로 전환하는 게 아니냐고 농담을 하셨어. 내 사진에 그림 요소가 있기는 하지만 사진의 특성이 분명히 담겨 있다고 생각해.

전시회(그 대단한!) 흥분인지 몰라도 계속 축제 기분으로 들떠서 한참 지냈어. 전시회 때 온 우리 반 친구 애랑 그날부터 훨씬 친해져서 요즘은 남자친구가 되어 버렸어. 마르고 키도 나보다 약간 크고 나이는 규호보다 한 살 더 많은데, 둘이 성격도 비슷하고 낄낄대고 웃어대는 거랑 유난히 까다롭게 구는 것 등 닮은 점이 많아. 나보다 나이가 어려서 좀 기가 막히기도 하고 생긴 것도 어리고 귀엽게 생겨서 규호 같은 막냇동생 보는 느낌이면서도 얘기를 하면 진지하게 토론이 돼. 프랑스 남부에서 왔고 13년 동안 피아노를 배웠다는데 남 앞에서 연주를 하면 너무 떨어서 결국 피아노를 포기하고 사진으로 바꿨대. 돌, 바위 사진 찍은 걸 봤는데 아주 사진이 좋아. 제대로 된 가정에서 귀염받으면서 자라서 성격이 수줍으면서도 구김이 없고 나랑 공통점이 많아.

옛날 에릭과 만날 때 실망하던 것, 괜히 걔 때문에 내가 창피했던 것, 서로 말이 안 통해서 답답해하던 것 등 사소한 것에서 너무 차이가 나던 것에 비해 애랑 만나면 둘이서 끊임없이 웃고 사진 얘기하고 재미있어. 내 정신연령이 원래 낮아서 그런지는 몰라도 난 이렇게 싱겁게 낄낄대는 배짱 맞는 애를 찾아내서 요즘은 유례없이 신나게 지내.

그리고 얘와 같이 다니는 우리 반 친구 애들 네 명을 무더기로 친구로 맞이하게 되어서 학교 다니는 게 재미있어. 전시회하기를 잘했어. 그 이후로 모든 막혀 있던, 답답하던 것들이 풀리고 유례없이 풍부하게 5월을 보낼 수 있게 되었으니까.

　수업은 6월 말에 끝나. 엄마, 아빠 오실 때까지 시간 있으니까 영화나 비디오로 뭔가를 하나 만들 생각이야. 좋은 사람을 만난다는 게 얼마나 중요한지 다시 느끼는 게, 하고 싶은 사진, 영화 등 너무나 많은 것을 하고 싶은 욕심이 나고 생각만 해도 신이 나. 엄마, 아빠 오실 때면 얘는 자기 집에 내려가 일을 해서 만날 수 없겠지만 그 대신 사진으로 먼저 보여줄게. 사진에는 가뜩이나 어린애가 더 어리게 보여.

　다음에 또 소식 보낼게. 민호 연락 오면 잘 지내라고 인사 전해주시기 바라.

91. 5. 22. 미현 올림

보고 싶은 엄마, 아빠, 민호, 규호!

올해는 내게 그래도 행운이 많이 따라 준 좋은 해였어. 사진 학교 처음 들어가서 어정쩡하다가 올 초 학교 선생님 스튜디오에서 실습하며 궤도에 슬슬 올라가기 시작했고, 5월 1일 전시회로 삐까번쩍 한 번 광내고, 여름에 엄마 아빠와 역사적인 북구 여행을 하고, 3학년 새 학기부터 시작한 스튜디오에서 하는 사진작품이 의외로 호맹이 훔친 격으로 잘 되었으니 말이야.

법정 스님이 가을에 오셔서 따뜻한 마음씨로 보살펴 주시고, 프랑스에서의 내 모습을 모든 분께 자신 있게 보여드릴 수 있었던 기회가 주어져서 나 자신도 만족하고 주위 사람 또한 실망하지 않았으리라 믿어.

그리고 4월부터 얘기를 시작한 우리 반 친구 피에르와 아주 죽이 맞고 서로 학교 사진 작업하는데 도움이 많이 돼. 얘는 나한테 아주 미쳐서 결혼하자고 해. 아예 결혼은 생각도 안 한 사이였는데(우선 애 나이가 나보다 여덟 살 아래야. 너무 놀라서 기절하지 마시길!) 똑똑하고 예술성도 있고 여러모로 내게 확신을 주는 게 나이 차이를 거의 느끼지 않게 해. 만일 이런 사이로 계속 발전한다면 같이 있어도 괜찮지 않을까 싶어.

내년 6월 말에 학교 끝내면 얘는 8월에 10개월 동안 군대에 갔다 와야 하는데, 그 후에 결혼을 하재. 만일 내가 한국에 돌아가면 군대 갔다 와서 한국에 와서 살겠다고 벌써 자기 부모한테 얘기했대. 어쨌든 요즘 만나는 피에르와는 사이가 이렇게 발전했다고 얘기하고 싶어.

그래서 만나는 친구나 법정 스님이 나보고 예뻐졌다고 하고 안정된 모습이 보기 좋다고 하는 얘기를 많이 듣나 봐. 나도 애를 만나고 나서 더 밝아지고 삶에 생기가 도는 것은 사실이야. 1992년은 뭔가 제대로 잘될 것 같은 밝은 예감이 들어.

　　분홍색 섞인 양말은 아빠 선물이고, 파란 양말은 규호, 팬티는 민호 것, 엄마는 분첩. 참 보내는 책은 법정 스님이 민호 보내주라고 주신 책이야. 그리고 각자 칫솔 한 개씩!

　　새해에 복 많이 받으세요.

1991. 12. 30. 낭뜨에서 미현 올림

제가 물려받은 것 중 무엇이 실생활에 가장 도움이 되었나 생각해보니 어려운 일을 항상 긍정적으로 바라보는 게 아니었나 싶어요. 그리고 물질적인 것보다는 정신적인 것에 더욱 중요한 가치를 부여하는, 그래서 좋은 친구들을 사귈 수 있는 지혜를 갖게 해주신 것. 결국은 알게 모르게 엄마 흉내를 내가면서 커온 게 아닌가 싶어요.

엄마의 생신을 늦게나마 축하드립니다.
10년동안 한번도 엄마랑 같이보내지 못한
엄마의 생일날이지만 마음만은 어느때보다
엄마랑 더 가까이 있었던 기간이라
오늘의 제가 있게한 실제적인 힘이 되어
주었어요. 제가 물려받은것 중 무엇이 실생활
에 가장 도움이 되었나 생각해 보니
여러가지 일들 힘들게 생각하지 말고 항상
긍정적으로 바라보는게 아니었나 싶어요.
그리고 물질적인것 보다는 정신적인것에 더욱
중요한 가치를 부여하는, 그래서 좋은 친구들을
사귈 수 있는 지혜로 갚게 해 주신것.
정록은 알게 모르게 엄마품에를 내 가면서
커온게 아닌가 싶어요.
건강하시고 내년 생일에는 모든 가족이 함께
엄마 축하하도록 기도할.....
                                         미선올림 1995. 9

Bonjour!

즐거웠던 순간을 보낸 남불에서 돌아온
지 벌써 보름이 되었읍니다. 특히
아를르에서 규호가 상을 탄 것은
기분 좋은 놀라움이었읍니다. 이 일은
제게 감동과 기쁨을 주었읍니다.
아를르에서 많은 것을 느꼈는데 사진의
세계는 아주 좁지만 (인간 관계) 사진의
시각은 많은 가능성을 갖고 있는 큰
세계이고 재능있는 사진가들이 많이
있어서 제가 아주 조그맣게 느껴졌고
앞으로 더 열심히 해야 할 필요성을
느꼈읍니다.

안녕하십니까!

즐거웠던 순간을 보낸 남프랑스에서 돌아온 지 벌써 보름이 되었습
니다. 특히 아를에서 규호가 상을 탄 것은 기분 좋은 놀라움이었습니
다. 이 일은 제게 감동과 기쁨을 주었습니다. 아를에서 많은 것을 느꼈
는데 사진의 세계는 아주 좁지만(인간관계) 사진의 시각은 많은 가능성
을 가진 큰 세계이고 재능 있는 사진가들이 많이 있어서 제가 아주 조
그맣게 느껴졌고 앞으로 더 열심히 해야 할 필요성을 느꼈습니다.

올해 제 생일은 정말로 "예쁜이 애기"가 된 것 같습니다. 규호와 미
현이와 당신들이 제게 선물로 주신 카메라는 진짜 보석이고 아름다운

올해 제 생일은 정말로 "예쁜이 얘기"가
된 것 같습니다. 급호와 미현이와 당신들이
제게 선물로 주신 카메라는 진짜 보석이고
아름다운 사진을 해야 할 이유 하나가
더 생겼습니다.
그리고 민호는 제게 나이트 가운을 선물로
줬는데 덕분에 살을 좀 뺄것 같습니다.
지금은 이 옷을 입으면 까만 돼지가
스모 (일본 씨름 선수) 로 변장한 것
같은데 살을 빼면 "우아한 Mister"로
변모할 것입니다.
민호와 진아의 결혼준비가 잘 되길

바라며 만일에 제 도움이
필요하시면 부탁만 하십시오.
기쁜 마음으로 하겠습니다.

피에르 올림

P.S.: 도자기는 정말로 예쁘고 암만
쳐다보고 만져도 싫증이 나지
않습니다.

Paris, le 30.07.1996

사진을 해야 할 이유 하나가 더 생겼습니다.

그리고 민호는 제게 나이트가운을 선물로 줬는데 덕분에 살을 좀 뺄
것 같습니다. 지금은 이 옷을 입으면 까만 돼지가 스모(일본 씨름) 선수로
변장한 것 같은데 살을 빼면 "우아한 미스터"로 변모할 것 같습니다.

민호와 진아의 결혼 준비가 잘 되길 바라며 만일에 제 도움이 필요
하시면 부탁만 하십시오. 기쁜 마음으로 하겠습니다.

1996.7.30. 피에르 올림

P.S. 도자기는 정말로 예쁘고 암만 쳐다보고 만져도 싫증이 나지 않습니다.

사 랑 하 는
엄마. 아빠 께

일이 들이오면 마음의 여유가 없어서
사진이만 정신을 빼앗기기 때문에
어버이날 연락도 못 드리고 이제야
한자쓰게 된 것 죄송합니다.
이 카드사진은 Kodak film 광고 일로
찍은 양귀비꽃 사진들 중 한장이야.
집 예쁘게 단장하고 유리꽃병 라
색색깔의 양귀비꽃을 사다 꽂아 놓으니
얼마나 예쁜지 입에서 감탄사가 끊임
없이 나와. 한사한 꿀빛홍 입술연지를
하나 샀는데 이건 바르고 나면 말라서
커피잔이나 옷에 마크를 남기지 않는거야.
립스틱 끝부분 (손 말르)을 돌리면 립스틱이 나와.
건강에 유연하시고 항상 기쁜줄은 일들이
생기기를 바랍니다. 참. 경예르가 안부
전해달래.   안녕.
규호 잘 지내지?
                          미현 올림 1993. 5. 12.

이 카드 사진은 코닥 필름 광고일로 찍은 양귀비꽃
사진 중 한 장이야. 집 예쁘게 단장하고, 유리 꽃병
과 색색깔의 양귀비꽃을 사다 꽂아 놓으니 얼마나
예쁜지 입에서 감탄사가 끊임없이 나와.

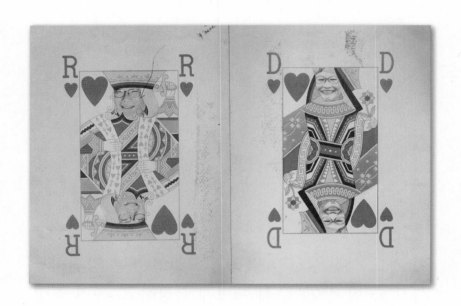

친애하는 마음씨 좋은 왕(아빠)과 왕비(엄마)께

한국에 있는 동안 기가 막히게 좋은 체류를 할 수 있게 해주신 데 대해서 가족들께 다시 한 번 감사드립니다. 아주 많은 것을 발견할 기회였고 여러분과 함께 한 시간이 정말로 행복했습니다.

다음에는 프랑스에 오실 차례입니다. 다시는 아무도 아프지 않기를 희망하며 더위로 너무 고생하지 않으시길 바랍니다. 만일 날씨가 너무 덥다면 시원하게 해줄 동 페리뇽을 언제라도 보내드리겠습니다.

당신들 생각을 깊이 하며, 빠른 시일 내에 뵙기를 바랍니다.

프랑스에서 피에르 올림

보고 싶은 가족들께

서울 다녀온 후로 빈둥빈둥 잘 지내고 있어. 꽤 오랜만에 늘어질 대로 늘어지면서 즐기는데 요즘은 두 가지 사실이 나를 놀라게 했어.

하나는 베란다에 있는 화초에 물을 주면서 이미 바싹 말라서 죽어버린 금낭화와 매부리발톱 화분에 흙이라도 젖으라고 같이 물을 줬는데 죽은 뿌리에서 새싹이 돋아나면서 잘 자라고 있어. 생명의 끈질김과 뿌듯함을 느낀 거야.

다른 하나는 우연히 화문석을 봤는데 금붕어 한 마리가 죽어 있는 거야. 도대체 언제부터 바닥에 나와 있는지도 모르게… 안 보려고 부엌으로 도망가 버렸는데 아무래도 안 되겠어서 결국 손 안 대고 빳빳한 종이 둘로 치우려 하니까 꼬리를 살짝 흔들어. 그래서 물에 다시 넣어보자 하니까 죽은 듯이 가만히 있더라구. 바닥에 있는 동안 털이 묻어 떼어주려고 하니까 쏜살같이 달아나. 그러고도 한 시간은 가만히 있더니 드디어 살아나서 다시 활기차게 다녀.

절망적인 상태에서도 희망을 품고 계속 정성을 들이면 뭔가가 이루어지는 것 같아. 생명에 대한 경외심을 처음으로 느꼈어. 딸기 여섯 그루 심은 데서도 연신 꽃이 피고 딸기가 열리는데 냄새도 좋고 맛도 있어.

보내는 볼펜은 엄마 아빠 것이고, 비누는 상원이 목욕할 때 갖고 놀라고 보내. 그럼 이만. 안녕.

2000. 6. 17. 미현 올림

한국의 지혜로운 미스께

지금은 다른 생각을 할 순간인 줄 알지만 그래도 생신을 축하드립니다. 시원이를 위해서 기적적인 치료법을 선물하고 싶지만 제가 방법이 없군요. 단 한 가지 제가 할 수 있는 일은 시원이 생각을 깊이 하는 것 뿐입니다. 지금은 아주 힘든 시간이지만 그래도 시원이를 위해서 하는 일이 좋은 결과를 가져오리라고 굳게 믿고 있습니다. 강인하게 인내심을 갖고 견디면 잘 될 것입니다. 저는 당신들 생각을 아주 강하게 합니다.

뽀뽀. 피에르

사위 피에르가 촬영한 곤지암 뒷산.

  전화를 자주 해서 별로 몰랐지만 지금은 옆에 같이 있을 수 없다는 사실이 내가 멀리 떨어져서 사는 걸 실감하게 해.

  가슴이 미어지게 아프지만 엄마 아빠를 구심점으로 가족 모두 합심하고, 우리가 아는 모든 분들이 기도해 주시는 게 얼마나 고마운지 몰라.

  우리 시원이가 아프지 않고 꼭 이겨낼 거로 생각하니까 모두 건강 유의해서 힘들어도 잘 헤쳐나가도록 해. 엄마 사랑해요.

2002. 9. 14. 미현 올림

Pour un ange

Chi-Wan n'avait pas trois ans

Frêle fleur de lotus, perle du « matin calme »,
Elle vogue là-bas sur les ailes des vents,
Pour reposer, paisible, en ce jardin d'enfants
Que l'arbre, doucement, caresse de sa palme.

Le voile de la nuit s'est posé sur ses yeux :
Ses yeux noirs et profonds, limpides comme l'onde.
Ignorant le destin, qu'en arrivant au monde,
Elle portait déjà, programmé par les cieux.

Plus douce est la beauté, plus elle est éphémère :
La fleur, le papillon ne vivent qu'un moment,
C'est ainsi que s'éteint le rire d'un enfant
Et qu'entre le poison dans le cœur d'une mère.

Puisqu'un ange nouveau pénètre en ta cité,
Puisqu'à l'amour des siens tu viens de la soustraire,
Accorde lui, Seigneur, ce qu'il n'eut pas sur terre ;
Mais… qu'il est dur, mon Dieu, de croire en ta bonté !

2002.
papa pierre coello

32

천사를 위하여

시원이는 세 살이 채 안 되었다.

연약한 연꽃, '조용한 아침'의 이슬,
바람의 날개를 따라 유영한다.
이 어린이의 정원에 평화롭게 휴식하기 위하여
부드럽게 나무는 가지들을 어루만진다.

밤의 베일이 그의 눈 위에 앉았다:
물처럼 맑고 깊은 눈동자 위에.
이미 하늘에서 정해진 프로그램을 안고서
운명을 모르는 채 이 세상에 온 그에게.

가장 부드러운 것은 아름다움,
그것이 일시적일 때 더욱 아름다운 것: 한 송이 꽃,
나비가 한순간만을 살듯이
그러면서 한 어린이의 웃음이 사라져 갔다.
그리고 어머니의 가슴에는 한이 맺혔다.

천사가 다시 자신의 세계로 돌아갔음에
그를 사랑하던 모든 사람들의 사랑과 헤어졌음에,
하나님이여, 그가 이 세상에서 이룰 수 없었던
모든 것을 이루게 해주소서.

그러나… 하나님, 당신의 선량함을 믿기가 너무나 힘듭니다.

2002년 아빠 피에르 코엘로

Andabre le 23. Aout 2000

Chers Monsieur et Madame K.M,

    La grand. mère de Pierre est
heureuse de vous envoyer ce dessus
de lit, sachant que vous aimez les
belles choses.
    Elle y a travaillé autant
qu'elle a pu car elle voulait le
terminer pour l'anniversaire de
Madame Kim en remerciement de
votre gentillesse à l'égard de Pierre.
    Nous vous souhaitons bon
anniversaire et bonne reception et
tenons à vous dire notre bonheur
de voir combien Pierre et Mi-hyun
ont l'air d'être heureux ensemble
    Bien amicalement

            Pierre, Lucelle, Aurore

피에르의 외할머니 오로르.

친애하는 미스터 김과 마담 조께

아름다운 것을 사랑하시는 두 분께 피에르의 할머니가 만든 침대 커버를 보내드리는 것을 기쁘게 생각합니다. 이것은 마담 조의 생일에 맞추어 할머니가 힘이 닿는대로 짜서 완성한 것이에요. 더불어 생신 축하드립니다.

두 분께서 피에르를 위해 잘해주시는 것을 매우 감사하게 생각하며, 피에르와 미현이가 잘 사는 것을 보며 저희는 행복을 느낍니다.

2000년 우정을 갖고
피에르의 아빠, 엄마, 할머니 올림

Chers Monsieur et Madame KIM,

Merci beaucoup pour votre belle et gentille carte. Notre attention pour Mi-Hyun est largement méritée. Nous sommes heureux de recevoir en retour son sourire et son affection et surtout de constater comme ils forment un couple uni avec Pierre. C'est là que se trouve notre vrai bonheur.

De votre côté, vous avez eu le plaisir de passer un peu de temps à Paris.

Comme c'est la tradition, en ce début d'année, nous vous souhaitons bonheur et santé pour 2009 ainsi que le plaisir d'une rencontre. Toute notre amitié.

Pierre et Lucette

Dear Mister and Madame 김,

아름답고 친절한 당신의 카드 감사합니다.
미현이가 우리의 사랑을 받는것은 아주 당연한 일입니다.
미현이의 미소와 자상함은 물론이고 Pierre와 좋은 커플로 살아가는 것을 보는 저희는 행복합니다.
우리의 진정한 복은 둘이 잘 사는것입니다.
Paris에서 좋은시간을 보내셔서 좋습니다.
새해를 맞이하는 이 시기에, 늘 그렇듯이, 2009년에도 행복과 건강을 빌며 다시 만날 수 있는 즐거움이 있기를 바랍니다.
우리의 모든 우정을 바치며.

피에르 와 뤼세뜨

미현이가 우리의 사랑을 받는 것은 아주 당연한 일입니다. 미현이의 미소와 자상함은 물론이고 피에르와 좋은 커플로 살아가는 것을 보는 저희는 행복합니다. 우리의 진정한 복은 둘이 잘 사는 것입니다.

엄마 아빠께

오늘 엄마 아빠가 보내준 돈 찾고 또 엽서 두 장을 마저 받았어. 하도 여기저기 다닌 곳이 많아 어떻게 여행을 하셨는지 파악이 안 될 정도였어. 엽서상으로나 전화상으로나 미국에서 잘 지내셨다니 다행이야. 내가 지금 집에 있었다면 아빠의 조금은 과장 섞인 미국 방문기를 재미있게 듣고 있을 텐데 그러지 못해 아쉬워.

나는 요 며칠 논문 한 편 준비하느라 정신이 없었어. 7월에 대학에서 열리는 명청소설학회明淸小說學會에서 발표할 논문인데 이 논문은 논문집에도 실리게 돼. 논문집에 실리는 게 별 거 아닐 수도 있지만 교수도 안 된 상황에서 국제 학술지에 중국어로 논문 발표하는 것은 지금 우리나라 실정에서 힘들어. 논문 발표를 한다는 사실 그 자체보다 논문의 질이 더 중요하지만 열흘 정도의 짧은 시간에 중국어 논문 한 편을 쓴다는 건 쉬운 일이 아니야. 워낙 상황이 급해 정신없이 매달려 쓰긴 했지만 좀 아쉬운 생각이 들기도 해. 미리 준비했으면 더 좋은 논문이 됐을 텐데 하는 생각에 말이야. 어쨌든 이미 지나간 일이고 발표회 준비나 잘해둬야겠어. 그래도 열흘 정도 밤새우면서 논문 한 편을 쓰고 나니 뿌듯하기도 하고 자신감도 생기더라. 논문 목차만 잡으면 박사 논문도 금방 써낼 수 있을 것 같아.

논문 쓴 여파인지 쓰고 나니 집중이 잘 안돼서 여행을 다녀오려고 해. 2~3주 동안 사천, 남경, 상해 등을 들러 구경도 하고 책도 사고 친구, 선생님들도 만나려 해. 다녀오면 또 정신 없이 논문에 매달려야 할 것 같아서 말이야.

진아는 요새 매일 전화를 해. 논문 스트레스를 풀려는지 통화가 길어지기도 하는데 전화비 꽤 나올 것 같아. 어떤 때는 내가 하기도 하고. 편지를 쓴다는 게 생각처럼 쉽지가 않더라. 한국에 있을 때보다 여유가 많음에도 책상에 앉아 책을 안 보면 괜히 시간 낭비한다는 생각이 들어. 하여튼 앞으로는 편지 자주 하도록 노력할게.

중국 여행하는 것은 어디가 좋을지 누나와 의논해 연락해줘. 지금 내 스케줄은 이래. 7월 22일부터 27일까지 대련大連에서 학술 발표회가 있고 9월 12일부터 17일까지 우루무치란 곳에서 또 학술발표회가 있을 예정이야. 엄마 생신이 10일이니 내 생각엔 8월 말에서 9월 초까지 여행하고 북경에 머물다가 10일에 엄마 생일 보내고 나는 11일쯤 떠나는 게 어떨까 싶어. 아직 완전한 일정은 못 잡겠는데 엄마 아빠가 대강 며칠이나 머무를 수 있을지 알려주면 그에 따라 조정해 볼게. 우리 가족끼리 중국 여행하는 게 무척 기다려져.

이 편지가 들어갈 때쯤이면 아마 여행을 하고 있을 텐데 여행 틈틈이 소식 전할게. 그리고 누나는 전시회 잘 치르고 작품 많이 팔길 바라. 또 연락할게.

1996. 5. 28. 민호 올림

北京语言学院
Beijing Language and Culture University
中国.100083.北京市海淀区学院路 15 号
No. 15. Xueyuan Road, Haidian District.
Beijing, 100083, China
Telephone : 2017531.

아버님, 어머님께

그 동안 안녕하셨어요? 저희들은 어제 南方 여행을
마치고 막 돌아왔어요.

지난 7月 17日에 북경을 출발해서 침대기차를 타고 (바
퀴벌레가 아주 많음) 우선 복건성의 邵武 (소무)
라는 곳으로 갔어요. 그런데 가는 도중에 비가
너무 많이 와서 산동성에서 약 8시간 가량
오도가도 못하고 기차 안에 갇혀 있기도 했어요.
결국 7月 18日이 지나서 7月 19日 새벽에 邵武
에 도착하였고 가까스로 학회에 참가할 수
있었어요. 학회는 邵武에서 버스로 약 2시간
30분 정도 떨어져 있는 武夷山 이란 곳에서
열렸어요. 7/19日 부터 7/23日 까지의 정식 학회
기간 동안 숙식을 모두 제공해주었고 매일 한 차례씩
근처 계곡과 동굴, 산 봉우리 등을 공짜로 구경시켜
주었어요. 저희 둘 다 이번 학회를 위해서 중국어로

아버님, 어머님께

그동안 안녕하셨어요? 저희는 어제 남방 여행을 마치고 막 돌아왔어요.

지난 7월 17일에 북경에서 출발해서 침대 기차를 타고(바퀴벌레가 아주 많음) 우선 복건성의 소무라는 곳으로 갔어요. 가는 도중에 비가 너무 많이 와서 산동성에서 약 8시간가량 오도 가도 못하고 기차 안에 갇혀 있기도 했어요. 결국, 19일 새벽에 소무에 도착했고 가까스로 학회에 참가할 수 있었어요. 학회는 소무에서 버스로 약 두 시간 30분 정도 떨어진 무이산이란 곳에서 열렸어요. 7월 19일부터 23일까지 정식 학회 동안 숙식을 모두 제공해주었고 매일 한 차례씩 근처 계곡과 동굴, 산봉우리 등을 공짜로 구경시켜 주었어요.

저희 둘 다 이번 학회를 위해서 중국어로 논문을 준비했어요. 저는 첫날, 민호 오빠는 둘째 날 발표를 했어요. 그런데 제가 발표할 때 민호 오빠가 오히려 너무 떨어서 옷이 흠뻑 젖을 정도로 땀을 흘리기도 했어요. 제가 국제학회에서 첫 발표를 하는 거라서 혹시 실수라도 할까봐 조마조마해서 그랬었나 봐요.

하여튼 저희 둘 다 발표를 무사히 마치고 논문에 대해서도 좋은 평가를 받았어요. 학회 기간 동안 중국 선생님들은 저희 같이 부부가 함께 학회에서 발표하는 일이 드문 일이라고들 하며 저희를 재자가인才子佳人이라고 부르기도 했어요. 그리고 앞뒤로 인쇄된 저희 명함을 '원

앙명함'이라고 불렀고요.

무이산은 공기와 물은 비교적 맑은 편이지만 우리나라 산만큼 아름답지는 못한 편이에요. 무이산에서 가장 유명한 것은 뱀인데, 얼마나 뱀이 많은지 길거리 상점마다 산 뱀, 죽은 뱀, 말린 뱀, 뱀 가죽, 뱀 쓸개, 뱀술, 뱀 가루, 뱀 연고, 뱀 크림 등이 그득그득하고 끼니마다 식탁에는 뱀 튀김, 뱀탕, 뱀 볶음 등이 반찬으로 올랐어요.

이번 학회 주최 측에서는 외국 학자들을 잘 대접하려는 의미에서 무이산 특산물을 듬뿍듬뿍 식탁에 올렸는데 저랑 민호 오빠는 오히려 곤욕을 치른 셈이었어요. 뱀 외에도 산양고기(염소), 개구리탕, 멧돼지 고기, 뻐꾸기 국 등이 매일매일 나오는데 마치 중국학회는 공부보다 먹으려고 모인 학회라는 생각이 들 정도였어요.

학회를 마치고서 저희는 계림에 가보기로 했어요. 그런데 소무에서 계림까지는 곧바로 가는 기차가 없어서 우선 형양까지 기차를 타고 가서 다시 기차를 바꿔 타고 가야 해요.

중국은 아직 기차표에 대한 예매, 발권 등이 컴퓨터화되어 있지 않고 기차 요금의 80%를 암표상이 빼돌릴 정도로 철도 기관이 부패해 있어서 저희 같은 사람들이 기차표를 사는 것은 매우 힘든 편이에요. 자칫하면 좌석 한 장도 못 구하고 선 채로 20시간 이상을 갈 수도 있지요.

다행히 저희는 소무에서 형양까지는 학회 추최 측이 도와줘서 침대

칸을 구해서 갔는데 형양에서 계림까지는 저희가 표를 구해야 했어요. 형양역에서는 비가 추적추적 오는 아침에, 새치기하는 중국 사람들을 물리치고 입석표 두 장을 사는데 성공했어요.

중국 사람들은 기차가 역에 도착하면 애 어른 할 것 없이 마구 소리를 지르면서 기차에 달려들어요. 이때 잘만 뛰어가면 입석 표를 가지고서도 빈 좌석에 앉아 갈 수도 있거든요.

결국 형양에서 계림으로 가는 기차가 도착했고 저는 신발 끈을 튼튼히 조여 매고 중국 사람들을 제치고 뛸 준비를 했어요. 그런데 잠깐 화장실에 갔다 오겠다는 민호 오빠가 아무리 기다려도 오질 않는 거예요. 이미 승차를 시작해서 중국 사람들이 마구 뛰기 시작하는데 민호 오빠는 자기 짐을 다 맡겨 두고서 오질 않으니 저만 먼저 뛰어갈 수도 없는 상황이었어요. 하여튼 모든 사람이 다 기차에 올라타고서야 민호 오빠가 왔고 저희는 제일 꼴찌로 기차에 올랐어요. 하지만 다행히도 입석 표로 앉아 갔어요. 미리 기차에 올라 자리를 다 차지하면서 길게 누워 있던 어떤 여자를 비키라고 하고 저희 둘은 편안히 앉아서 계림까지 가게 되었어요.

드디어 7월 24일 저녁, 계림에 도착했어요. 계림은 물가만 비싸고 그렇게 아름답지 못한데 비해 그곳에서 두 시간 정도 떨어진 양삭이란 곳은 물가도 훨씬 싸고 너무나도 아름다운 곳이라고 하더군요. 그래서 저희는 좀 피곤하기는 해도 다시 버스를 타고 양삭으로 갔어요.

양삭은 계림의 일부인데 그 아름다움은 형언할 수 없을 정도였어요. 저희는 아주 좋아서 입을 헤벌리고서 정신없이 경치를 구경했어요.

중국에는 이런 말이 있대요. "계림의 산수는 천하의 으뜸이고 양삭의 산수는 계림 중의 으뜸이다 桂林的山水甲天下 陽朔的山水甲桂林."

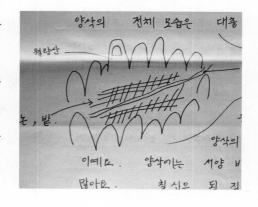

정말 모든 산들이 동양화에 나오는 산과 똑같이 이런 모양으로 생겼어요.

원래 저희는 계림과 양삭에서 이삼일 머물다 다른 곳으로 갈 예정이었는데 양삭이 너무 좋아서 그곳에서 남은 일정을 모두 보냈어요. 양삭의 아름다운 모습은 마치 도연명의 도화원기에 나오는 무릉도원 같아요. 지역 주민은 도시 사람처럼 약지 않고 물건 파는 노점상조차도 오히려 수줍어하면서 물건을 팔아요.

양삭의 전체 모습은 대충 이런데 특히 월량산에서 내려다본 양삭의 모습과 이강을 배 타고 유람하는 것이 제일 멋있어요. 양삭 음식은 대부분 서양식이에요. 양삭에는 서양 배낭족, 히피족들이 엄청나게 많아요. 일흔은 됨직한 서양인 노부부가 짧은 반바지에 소매 없는 티셔츠를 입고 함께 하이킹을 즐기는 모습도 흔히 보여요. 저희는 아버님, 어머님 생각을 정말 많이 했어요. 나중에 언니랑 도련님도 양삭을 보면 아마 좋아할 거예요. 사진기만 들이대면 아무 경치나 다 작품이 될 정도니까요.

양삭에서 우연히 만난 한국인 50대 부부한테 들었는데 양삭도 아름답지만 뭐니뭐니해도 백두산의 아름다움에는 비할 수 없다고 하더군요. 백두산은 웅장하면서도 약간 무섭고 신령스러운 기운이 감도는 것이 이루 말할 수가 없대요. 저희는 아버님, 어머님이랑 같이 백두산에 오를 날만 고대하고 있어요. 빨리 8월 말이 되었으면 좋겠어요.

아버님, 어머님 그때까지 건강, 또 건강하시고요. 두 분의 중국 입성을 기다리고 있을게요.

1997.7.31. 민호, 진아 올림

엄마께, 생신 축하드려요.

어느덧 엄마도 일흔이 넘으셨네요. 겉모습만 봐서는 실감이 안 나는데 말이에요.

요즘 들어 여러 일을 겪으면서 이런 가정에 제가 태어난 것이 얼마나 큰 행복인지 새삼 깨달았어요. 제가 당연하게 보았던 것들이 참으로 얻기 힘든 것이었다는 생각이 들어요. 더군다나 엄마 아빠를 뵈면 제가 그 나이가 되면 저런 인품과 수준에 닿을 수 있을까 하는 생각도 들고요. 이번 진아 일을 포함해서 힘들 때마다 엄마 아빠가 계셔서 얼마나 큰 힘이 되는지 몰라요. 이 자리를 빌려 감사드려요.

엄마 생신 축하드리고 앞으로 건강하게 또 즐겁고 행복하게 오래오래 사셔요.

2006. 9. 10. 민호 올림

어머님께

 좋은 가을날에 맞이하신 어머님의 생신을 축하드립니다. 마음이 힘
들고 괴로울 때마다 얼마나 어머님께 의지를 많이 하는지 몰라요. 건
강하신 모습으로 오래오래 저희 곁을 지켜주세요.

 그리고 즐거운 유럽여행 만끽하시고 멋진 모습 많이 담아오셔서 나
중에 많이 이야기해 주세요. 저랑 상원이는 맡은 일 열심히 하며 다녀
오실 날을 기다릴게요.

 사랑과 존경을 보내며 더욱 건강하시고 멋진 모습으로 늘 가까이 뵙
기를 기원할게요.

2006. 9. 10. 상원 엄마 올림

할머니께

할머니 생신을 축하드려요. 제가 드리는 선물은 안마예요. 저도 나
중에 할머니랑 할아버지랑 그리스 가고 싶어요. 안녕히계세요.

2008. 9. 11. 김상원 올림

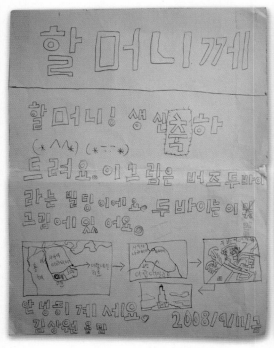

상원이 친할머님께

어버이날이 아닌, 할머니날 축하! 축하!

자식들보다 손주가 더 사랑스럽고 귀중한 것은 당연한 일이지요. 먹고 살기에 바빠 자식들은 어떻게 길렀는지 얼마나 사랑했는지도 기억나지 않는군요.

그러나 손주는 내가 치러낼 부담이 적어서인지 마음 놓고 실컷 사랑하게 되는가 봅니다. 무엇보다 할머니들의 DNA를 계승해서 살아줄 테니까요.

다시 한 번 축하합니다. 할머니들 승리의 이 날을.

2013년 할머니 날에 상원이 외할머니 드림

가족들께

　그동안 건강하셨으리라 믿습니다. 저도 아주 잘 지내고 있습니다. 지금은 2월 11일 낮 1시 45분, 필름 현상 맡기고 기다리는 중에 이렇게 편지를 씁니다. 요즘은 졸업사진 준비하느라 정신없이 사진 찍고 현상하고 인화하고 보냅니다.

　덕분에 얼마 전에는 담임이랑 스튜디오 선생님, 제가 실습했던 선생님께 현재 스튜디오 학생 중에서 제가 가장 높은 점수를 받았습니다. 기술적인 면, 아이디어 모두 좋다고 칭찬해주셨습니다. 친구들도 질투하기보다 모두 인정해주어서 기분이 최고였습니다. 그래서 그 힘을 몰아 더 열심히 하는 중입니다. 그리고 졸업 논문 사진도 모두 좋아해서 졸업은 문제없을 듯합니다. 당초에 1등을 하기로 목표한 것에는 변함없지만 너무 기대하지 않기로 했습니다. 그저 최선을 다한 후 그 결과에 만족하기로 했습니다.

　어저께는 〈헨젤과 그레텔〉에 나오는 과자 집을 만들어서 촬영했습니다. 신발곽만하게 만들었는데 어찌나 어려운지 한참 고생했습니다. 결국 밤 열두 시가 돼서야 사진을 찍을 수 있었습니다. 피에르네 집에서 찍었으니 가능하지 학교에서 네 시간 동안 찍으려면 힘들었을 것입니다. 지금 현상을 기다리는데 제발 잘 나왔으면 하고 기도하는 중입니다.

　요즘 이곳은 겨울다운 날씨가 계속입니다. 눈도 작년보다 자주 옵니

둘째 아들 규호가 프랑스 유학 초기에 만들어 촬영한 〈헨젤과 그레텔〉의 과자 집.

다. 덕분에 사진 찍을 거리도 많아집니다. 올해는 저도 이곳에서 열릴 사진 콩쿠르에 출품해볼까 합니다.

이제는 귀국할 때가 돼서 그런지 이것저것 하고 싶은 게 많습니다. 컴퓨터도 조금씩 해보려고 합니다. 서울에 들어가면 컴퓨터부터 배워볼 생각입니다. 사진도 이제는 컴퓨터를 활용할 수 있어서 재미있을 것 같습니다.

민호 형, 나 서울 들어가면 컴퓨터를 사용해도 되는지 알려줘. 나는 아마 포토샵을 주로 사용할 건데 PC로 내가 하려는 게 가능한지, 용량은 어떤지 말해줘. 나는 학교에서 포토샵 프로그램만 사용하거든. 아니면 나중에 내가 돈 벌어서 애플 매킨토시 하나 사지 뭐!

참! 이제 또 돈 얘기인데 다음부터는 좀 더 보내주셔야 할 것 같습니다. 현재 현상은 제 용돈으로 하는데 한 달 용돈 1천5백 프랑으로 버스표 2백30프랑 쓰고 현상 한 번 할 때마다 1백 프랑씩인데 한 달에 적어도 5~6번 현상하면 점심 먹는 것도 힘들 정도입니다. 그리고 이제 필름이며 종이며 들어갈 돈이 꽤 될 것 같습니다. 한 달에 16만원(1천 프랑) 정도는 어려우셔도 보내주시면 감사(?)하겠습니다. 사진 액자를 만드는 데 필요한 돈이니 헛되게 쓰이지는 않을 겁니다.

그럼 모두 건강하시고 즐거운 나날이 되시길 빕니다.

1996. 2. 11. 규호 올림

엄마 아빠께

이제야 편지를 쓰게 돼서 죄송합니다. 6월 말부터 지금까지 정신 없이 지냈습니다. 여행 기간 중에도 〈포토그라피 마가진〉에서 부탁한 선글라스 사진 촬영하느라 정신이 없었습니다. 날씨마저 흐려서 걱정이었는데 다행히 광고주들이 아주 좋아했습니다. 돈을 많이 주지는 않았지만 이런 식으로 일하면서 인정받는 게 아주 중요한 것 같습니다.

그리고는 아를 사진 축제에 갔습니다. 첫날 전시회 몇 군데를 보고 나서 원형극장에서 밤 열 시에 윌리엄 웨그만William Wegman의 사진과 단편 영화를 봤습니다. 이 사람은 자기 개들을 사진, 영화 주제로 잡았는데 어찌나 재미있었는지 모든 사람이 낄낄거리고 웃었습니다.

이날은 갤러리에서 개최하는 사진 작가 선발에서 여자 누드를 촬영한 작가가 뽑혔고, 전날은 TV를 소재로 촬영한 작가가 뽑혔습니다. 다음 날은 여자 누드를 촬영한 사진작가가 제 사진을 함께 심사했는데 여섯 명의 심사위원이 만장일치로 제 사진을 뽑았다고 했습니다.

8일, 제 사진 〈뤽상부르 정원Jardin du Luxembourg〉을 갤러리에 출품하고 너무 피곤해서 낮잠을 자고 느지막이 갤러리에 나가보니 제 사진이 당선됐다고 해서 깜짝 놀랐습니다. 전혀 생각 않다가 뽑혔다니까 정신이 없고 손이 떨려서 한동안 얼떨떨했습니다. 상으로는 먼저 이곳 갤러리에 사진 축제 기간 동안 전시하고, 마지막 날인 10일에 원형극장에서 프로젝션을 하고, 11월경 파리에서 두 달간 전시가 있고 1년 둘째 아들 규호가 촬영한 뤽상부르 정원 시리즈 중에서.

간 프랑스 전국을 돌면서 전시한다고 합니다. 그리고 뽑힌 제 사진 중에서 한 장을 사고…

참, 당선 다음 날, 제가 심사위원이 되었는데 얼떨결에 했지만 좋은 경험이었습니다. 50명 가까운 출품 작가 중에 이날 뽑힌 사람은 벌써 프로 사진작가로 활동하는 사람이었습니다. 몰랐는데 프로로 일하면서 이름을 알리려고 이 갤러리에 출품하는 사람들이 많다는 걸 알았습니다. 그러고 보면 제게 운도 많이 따른 것 같습니다. 어쩌면 누나, 나, 피에르 셋이서 앙제라는 곳에서 전시회를 할 것 같습니다. 11월 쯤으로 생각하는데 아마 11월에는 전시회 복이 터질 것 같습니다.

그리고 8일 저녁 원형극장에서는 미스테리(Mystère, 환영)를 주제로 프로젝션이 있었는데 이날 피에르가 쉬는 날이라고 해서 공식적인 건 아니었지만 가설 무대에서 프로젝션이 있어서 가봤습니다.

9일엔 드디어 제가 심사위원 노릇을 했습니다. 그냥 물어보면 대답이나 하고 잠자코 가만히 있었습니다. 하지만 좋은 사진을 많이 볼 좋은 기회였습니다. 이번 아를 축제에서 무엇보다도 큰 것을 얻었다면 갤러리 입선보다 사진을 보는 게 재미있어졌다는 겁니다. 사진에 한 발짝 더 들어선 느낌이 들었습니다.

9일 저녁에는 조엘 피터 위트킨 Joel Peter Witkin이란 대단한 사람의 프로젝션이 있었습니다. 사진마다 설명과 자신이 느낀 점을 얘기했는데 그 전에 사진만 보던 것과는 느낌이 달랐습니다. 이 사람은 성적으로 기형인 사람과 죽은 사람만을 촬영했습니다. 사람의 머리만 찍은 것, 다리만 찍은 것 등 모든 주제가 어둡고 무거웠지만 한편으로는 공감도 됐습니다. 하지만 개인적으로 이런 사진들을 찍고 싶은 생각은 전혀 없습니다.

그리고 10일에는 드디어 제 사진들을 프로젝션했는데 생각보다는 약간 실망했지만 그래도 원형극장 큰 화면에 이름이 나올 때 기분이 좋았습니다. 다행히 그날 한국 사람들이 비디오를 촬영한 게 있다기에 복사본을 하나 얻기로 했습니다. 열두 시에 프로젝션이 끝나고 친구들이랑 노천 카페에서 얘기하고 새벽 두 시에 들어와 잤습니다.

11일에는 피에르네 집이 있는 그랑드 모뜨Grande Motte라는 바닷가에 도착해서 놀다 왔습니다. 생전 못해본 낚시도 해봤습니다. 피에르 할머니 집은 시골이라 숭어낚시를 해서 구워 먹고 바닷가에서는 도미도 한 마리 잡았는데 새끼여서 놓아줬습니다. 바닷가에 갔다 와서 얼굴이며 팔다리가 시커멓게 다 탔습니다.

참! 한 가지 잊은 게 있는데 갤러리 상품 중에 개인 포트폴리오를 만들어서 개인당 25벌씩 준다고 하는데 아주 좋은 선물이 될 것 같습니다. 일단 파리에 들어오고 나니 할 일이 너무 많아서 정신이 없습니다. 또 연락 드리겠습니다. 두 분 건강 조심하세요!

1996.7.15. 규호 올림

기쁜 생신을 맞이하신 어머님께

유난히 무더웠던 여름 땡볕이 이젠 제법 서늘한 가을바람이 되어 다가옵니다. 이 가을에 맞이하신 뜻깊은 어머님의 생신을 진심으로 축하 드립니다. 언제나 수줍은 소녀처럼 다소곳하고 큰 소리 한 번 내시는 법이 없으신 어머님을 떠올리면 향기로운 풀꽃 내음이 배어나는 듯합니다.

유난히 정이 많으신 까닭에 부족한 제게도 항상 따뜻하고 애정 어린 손길로 제 마음을 잡아주시는 어머님의 따스한 성품 때문인지 도심 속의 모습보다 자연과 어우러져 흙냄새가 정겨운 곤지암이 유독 잘 어울리시는 것 같습니다. 어머님 앞에 내성적이고 표현력이 부족해 늘 꿰다놓은 보릿자루처럼 말 한마디 못하고 앉아 있어도 예쁘게만 봐주시는 어머님께 가까이 다가가 애교도 부려보고 싶지만 언제나 마음만으로 그치게 되는 저의 못남이 부끄럽기만 합니다.

큰 바위처럼 때로는 큰 산처럼 흔들림 없는 모습으로 규호와 저를 감싸 안아주시며 참되게 살아갈 수 있도록 이끌어주시는 어머님께 감사하는 마음으로 규호와 함께 노력하며 열심히 살아가는 모습으로 보답 드리겠습니다.

늘 건강하시길 바라며, 자주 찾아뵙겠습니다.

1997. 9. 10. 연주 올림

둘째 며느리, 연주가 직접 만든 편지지.

> 엄마 아빠의 결혼기념일을 진심으로 축하드립니다.
> 어느새 저도 결혼얘기가 오가는 성인이 된
> 것이 아직은 어색하기도 하지만 나름대로
> 책임감이 무거워 지기도 합니다.
> 내년 이는 아마도 정말 대가족이 된것 같
> 아 기분이 좋습니다 사랑하는 조카와
> 연주 오득오두 우리와의 인연으로 행복할
> 날들을 기대하며 다시한번 저를 이세상
> 이 존재하게 해주신 두분께 감사드립니다.
> 건강하시고 행복. 행복 하세요
>
> 1997년 12월11일 큰딸 올림

어느새 저도 결혼 애기가 오가는 성인이 된 것이 아직은 어색하기도 하지만 나름대로 책임감이 무거워지기도 합니다.

아버님, 어머님께

　채 열흘도 남지 않은 저희 결혼식을 앞두고 어버이날을 맞아 부모님의 은혜와 사랑에 감사드립니다. 저희 두 사람, 이제 일생을 함께하고자 발을 맞추어 첫발을 내디딜 준비를 하고 있습니다. 걸음마를 처음 배우는 아기처럼 바른 걸음을 할 수 있도록 저희 두 사람의 손을 잡아 이끌어주시고, 지금까지 그래 주셨던 것처럼 항상 사랑으로 지켜봐 주십시오.

　서로를 의지하며 사랑과 믿음으로 가족 안에서 부모님 뜻을 받드는 자식으로, 우애 있는 형제로, 겸손함을 잊지 않는 동기간으로 조금이나마 두 분의 사랑과 은혜에 보답하며 항상 긍정적으로 생각하고 웃음 띤 즐거운 마음으로 행복을 가꾸어가며 열심히 살겠습니다.

1998. 5. 8. 연주 올림

감사드립니다

　　고운 삶을 살아오신 사부인께 깊은 존경과 축하를 드립니다. 여기
작은 선물 마련했습니다.

　　언제나 변함없이 건강하시고 복 되십시오.

2005. 9. 10. 효원 외할머니 드림

할아버지, 할머니께

할아버지, 할머니!
안녕하세요?
저 경안이에요,
할아버지, 할머니,
제가 안마도 해 드릴게요,
그리고 제가 도 해 드릴게요,
그리고 맛있는 밥 할때도 잘 받아 드릴게요,
그리고 맛있는 것도 우리에게 주셔서 감사합니다,
그리고 효도 할게요,
사랑해요.

2015년 5/2(토) 사랑하는 손자가

할머니께...

할머니! 안녕하세요? 저 효원이에
요. 할머니, 어버이날 축하드려요.
제가 안마도 잘 해드리고 짜증
안내고 싱글음도 잘하는 착한
어린이가 될게요. 맛있는것도 안드
시고 우리 주셔서 감사합니다
오래오래 행복하게 장수하세요
효도할게요 사랑해요

2015.5.9. 하나앞에 없는 손녀딸 우림.

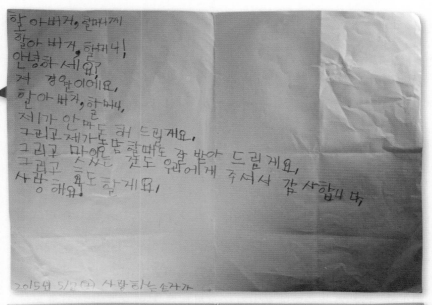

할머니! 사랑
해요

축!
어버이날

큰아빠, 큰엄마께

처음으로 두 분께 카드를 쓰니 쑥스럽네요. 카드를 전하며 말로 못다 한 마음을 표현하는 것이 좋을 걸 알면서도 매년 달랑 와서 세배만 넙죽하게 되더라고요. 이제 이립而立을 넘어섰는데 세배만 하고 가는 것이 양심에 걸렸습니다.

이 다음에 두 분을 회상한다면 여러 가지가 있겠지만, 큰아빠는 모일 때마다 이리저리 콕콕 찔러보시고 결국에는 웃음보를 터트리게 하시는 아주 즐거우신 분으로 기억될 것 같고요, 큰엄마는 정말 윗분답게 넓은 마음으로 마음을 써주시는 따뜻한 분으로 기억될 것 같아요.

두 분은 삶을 여유롭게 즐기시는 분들이라고도 생각해요. 작은 존재의 아름다움과 소중함도 놓치지 않으시는 두 분의 안목과 배려에 무엇을 얻고 돌아가는 풍족함이 생긴답니다.

건강하셔서 올해도 즐거움과 따스함을 저희에게 나눠주세요. 큰아빠부터 시원이까지 모두 기쁜 한 해가 되길 기도합니다.

2001. 12. 31. 가영 드림

응당 직접 찾아뵙고 맛난 음식도 얻어먹어야 하는데 불참하게 된 점 송구하기도 하거니와 산해진미를 놓친 저 자신도 통석의 염을 금할 수 없군요. 하지만 평소 간지러워서 전하지 못한 저의 충정을 글로나마 전하게 된 것이 점수 따기에는 더 좋지 않을까 합니다. 허⋯

큰엄마하면 생각나는 건 당시 어린 제가 생각하기에 별것도 아닌 일을 잘한다고 칭찬해주시던 것과 매우 소란(?)스러운 가족 모임 때마다 목소리 큰(?) 분들끼리 의제를 선점하기 위해 목청을 자랑하실 때 곁에서 의사발언권을 조절하시는 모습입니다. 우리 가족들이 모이면 남들이 보기에는 일견 무질서해 보일 수도 있으나 웃어른부터 상원이까지 한마디씩 하는 민주적이고 탈 권위적인 아름다운 가풍을 큰엄마가 아니었다면 많이 힘들지 않았을까 합니다. 칭찬을 아끼지 않으시고 남의 말에 귀 기울이시는 아름다운 덕은 저뿐만이 아니라 우리 가족들, 젊은이들에게 사표가 되고도 남음이 있다고 확신합니다.

생신 축하드리고 건강을 기원합니다. 그리고 우리 새로운 꼬맹이에게도 축복과 넘치는 사랑을!

2005. 9. 10. 지호 드림

나의 발자취

    내가 이대부속중학교 교사로 취임했던 1960년대 초반은, 학교도 개교한 지 몇 년 되지 않아서 1회 졸업생부터 만날 수 있었던 젊고 씩씩한 학교였다. 학생 수도 한 반에 50명씩 한 학년 3학급의 작은 학교로 선생님과 학생들이 서로 잘 알고 지낸 가족 같은 학교였다.

    게다가 학교를 설립하신 이대 사대 학장이셨던 김애마 선생님의 앞을 내다보는 교육철학이 담겨 있어 그 당시 생소했던 남녀공학에, 교복 없는 사복에, 두발 길이를 자로 재던 시절에 학생들이 머리 모양을 마음대로 하고 다닐 수 있는 자유로운 학교였다.

    이미 그 시절에 학장, 교장, 교감 선생님이 미국의 피바디 대학에서 존 듀이의 교육철학을 공부하고 오신 분들로 각 교과 선생님을 믿고 자율권을 주어서 학교 분위기는 각 교과 선생님들이 마음껏 교육적인 소신을 교과나 학교생활에서 적용할 수 있을 정도로 자율적이었다.

학생 수는 적었으나 학교 교육 방침에 호응하는 뜻있는 학부모들이 자녀를 우리 학교에 많이 보냈다. 장준하 씨의 삼 남매, 김동명 시인의 두 자매, 최정희 소설가와 김영랑 시인의 딸 등 헤아릴 수 없이 많은 예술가, 사회 인사 자녀들이 이대부중을 거쳐 갔다. 내가 교생실습을 나갔을 때 대표수업으로 독서 관련 단원을 가르치며 독서 발표회를 시켰는데 같은 반에 김영랑, 김동명 시인의 딸들이 있어 '우리 아버지 김영랑 혹은 김동명'이란 제목으로 작가 발표를 시킨 일도 있었다.

졸업 후 바로 이대부중 교사로 부임하면서 당시 우리나라 최초로 연대에 도서관 학과가 설립되어 학장 선생님 추천으로 도서관 특수 교육 1년 과정을 연대 도서관학과 2학년 학생들과 함께 미국 피바디 대학 도서관 학과 교수들의 출장 강의를 듣고 사서 자격증을 딸 수 있었다.

나는 이대부중에 개가식 도서관을 만들고 전 학년 독서지도 교육과정을 만들어 일주일에 한 시간씩 도서관 이용방법, 자료 찾기, 독서지도 등 학년마다 다양한 독서 프로그램을 만들어 가르쳤다. 또한, 도서반 학생들을 선발해서 도서관을 운영하고 독서지도를 하며 후에 R.C(Reading Club, 알과 씨앗) 탄생의 초석을 다졌다. R.C 활동을 거쳐 간 학생 중에 시인, 소설가, 희곡 작가, 검사, 교수 등 각계각층에서 남다른 활동을 활발하게 하는 이들도 있다.

국어 시간 중 한 시간씩을 나중에 독서시간으로 활용하면서 나는 교육 목표(가치 목표와 기능 목표) 중 눈에 보이지 않는 가치 목표와 인성 교육 쪽에 힘을 많이 기울였다.

당시 국어 교과서가 1, 2학기 두 권으로 되어 있었는데 각 단원을 미리 보고 1년 계획을 세웠다. 예를 들면, 시 관련 단원이 1년에 네 번 실리는데 학기 초에 각 시 단원을 공부할 때마다 25편 내외의 시를 암송해서 학년이 끝날 때까지 1백 편의 시를 암송하게 했다. 그러기 위해 자기가 좋아하는 시들을 찾아서 시화집을 만들도록 했다. 시를 분단 별로 외우고 학년 말엔 각자 자기가 쓴 시로 시화를 그려서 전 학생이 참석하는 교내 시화전을 열었다. 시화전을 관람한 후에는 보고서를 적어 내도록 해서 다시 전시했다. 그리고 시를 암송하고 난 소감을 정리해서 '시 암송이 내게 어떤 변화와 영향을 미쳤는지' 결과를 정리했다.

그 외 단원에 따라 독서 관련, 편지 쓰기, 일기 쓰기 등 국어 교과 전반에 걸친 1년 계획, 진행과정 결과 정리를 통해 국어교육이 인성교육에 미치는 영향을 나름대로 해마다 조사하고 파악할 수 있었다. 이런 국어교육 실천 결과 보고서 《글쓰기, 독서교육과 인간형성 – 40년 실천사례 및 결과》를 이대부중 개교 50주년 기념으로 출간했다. 그곳에 내가 국어 교사로 살아온 교육 목표, 계획 및 실천과정 결과가 서툴지만 비교적 자세히 자료 중심으로 나와 있다.

학생들이 내게 보낸 편지 내용이나 자료가 이런 나의 교육적 소신이나 수업 방식에서 나온 것으로 생각한다.

가정에선 가족들 간에 소통의 수단으로 기념일이나 특별한 행사, 연말연시, 생일 등에 카드나 편지를 어려서부터 주고받았다. 그것을 모아 두었다가 두어 차례 가족 문집(《규호네 이야기》, 〈흙처럼 들꽃처럼〉)을 엮기도 했다. 그런 생활이 가정의 문화가 되어 지금까지도 이어지고 있고, 비교적 아이들이 외국에 오래 머물고 있어도 일기 쓰듯 자기 속내를 드러내주어 서로를 이해하고 가깝게 느끼고 있다.

학생들에게도 일기를 쓰게 하고 독서활동과 학급신문, 문집 만들기, 시화집 만들기 등을 실천하게 했다. 이는 통지표를 통한 숫자 위주의 점수보다 점수로 알 수 없는 학생 개개인의 숨은 재주나 감성, 내면의 여러 모습과 더불어 이해하고 함께 만들어가는 협동성을 만날 수 있는 계기가 되었다.

국어 시간 첫 시간에 학생들과의 만남에서는 우리의 만남을 통해 각자 가지고 있는 여러 모습과 다른 색깔의 보물을 국어 시간에 찾아보자는 이야기로 시작했다. 여러분은 모두 보물단지란 이야기를 했고, 공부를 한다는 건 내 속의 보물을 찾아가는 과정이란 이야기를 들려줬다.

시를 공부하는 첫 시간엔 윤동주의 ‘서시’를 그 자리에서 함께 모두 암송하고 시에 관해 이야기하며 평생 지니고 살아갈 선물로 ‘서시’를 받아달라고 했다. 대부분 잘 따라 주었고, 학교는 내가 하고 싶은 교육을 할 수 있도록 뒷받침해 주었다.

그러나 학교 평준화가 되면서 교사들의 자율성이 많은 제재를 받았고, 차츰 교육의 의미가 빛을 잃어가기 시작했다. 내 나이 55세가 되었을 때 나의 가장 빛나는 삶의 터전이었던 이대부중 교사생활 30년을 스스로 접기로 했다.

그 무렵 ‘서울지역사회 교육협의회’가 만들어지면서 이대 사대 학장이었던 친구 백명희 교수가 나를 끌어내 함께 일하자고 했다. 우연히 시작한 한 강의가 ‘글쓰기, 독서지도 지도자 강의’란 제목으로 지속되었고, 나는 붙박이 강사가 되어 학부모들을 위한 강의를 했다. 당시는 문화센터 같은 곳의 강좌가 없었던 시절이라 전국 지역사회 지부를 돌며 초청 강의를 했다. 학생들과 공부한 자료를 기초로 해서 강의했는데 대부분 지도자 자격증이라도 따볼까 해서 강의를 듣던 학부모들이 자기 자신과 만나게 되었다는 이야기를 보고서를 통해 알 수 있었다.

나는 〈글쓰기, 독서지도가 마음의 변화에 미치는 영향〉 - 지역사회 교육 지도자 양성과정 프로그램 실시결과 10년 보고서(2002년) - 을 작성해 그동안 지역사회에서 강의한 내용을 스스로 점검할 기회를 가졌다. 지역사회 교육협의회에서 좋은 선생님과 이웃을 많이 만났고 지금까지 편지를 주고받으며 교류하고 있다.

과거에 한국니일연구회(후에 자율교육학회로 개칭)를 만들어 열린 교육을 선도했던 친구 김은산 교수와 초창기부터 한국니일연구회와 함께 했고, 근래엔 이대 교육과 졸업생으로 만들어진 이화교육 네트워크에서 우리 교육의 현실과 방향을 고민하고 길을 찾는 일을 함께 하고 있다.

집에서는 도자기 가마를 찾는 이웃들과 사람 사는 이야기도 나누며 차도 마시고, 집에서 지은 농산물로 차린 밥상을 함께 하며 80 노년을 비교적 한가롭게 지내고 있다.

이 세상이 내가 태어나 조금이라도 그 전보다 나은 세상이 되어지길 꿈꾸며 오늘을 지내고 있다.